OTROS LIBROS DE JEFF KINNEY:

DIARIO

de

Greg

DÍAS DE PERROS

Jeff Kinney

MOLINO
LECTORUM

DIARIO DE GREG 4. DÍAS DE PERROS

Originally published in English under the title DIARY OF A WIMPY KID: DOG DAYS

This edition published by agreement with Amulet Books, a division of Harry N. Abrams, Inc.

Wimpy Kid text and illustrations copyright © 2009 by Wimpy Kid, Inc. DIARY OF A WIMPY KID and Greg Heffley cover image are trademarks of Wimpy Kid, Inc.

Cover design by Chad W. Beckerman and Jeff Kinney

Translation copyright © 2010 by Esteban Morán Spanish edition copyright © 2010 by RBA LIBROS, S.A.

Lectorum ISBN: 978-1-933032-66-5 Printed in Spain 10 9 8 7 Legal deposit: B-14186-2017

A JONATHAN

JUNIO

<u>Viernes</u>

Para mí el verano supone básicamente una especie de sentimiento de culpabilidad de tres meses de duración. Sólo porque haga un tiempo estupendo, todo el mundo espera de ti que estés afuera todo el día "alborotando" o algo así. Y si no pasas afuera hasta el último segundo, todo el mundo piensa que tienes algún tipo de problema. Pero lo cierto es que siempre he preferido estar dentro de casa.

Lo que a mí me gusta es pasarme las vacaciones de verano sentado frente al televisor, jugando con los videojuegos todo el tiempo, con las cortinas cerradas y las luces apagadas.

Por desgracia, mamá tiene un concepto totalmente diferente de lo que debería ser un verano ideal.

Mamá dice que no es "natural" que un chico se quede en casa cuando afuera hace sol. Le contesto que sólo intento protegerme la piel para no tenerla toda arrugada cuando sea mayor como ella, pero no quiere escucharme.

Mamá no deja de intentar que haga cosas afuera, como ir a la piscina. Pero me pasé la primera parte del verano en la piscina de mi amigo Rowley, y la historia no acabó demasiado bien.

La familia de Rowley pertenece a un club deportivo y, en cuanto nos dieron las vacaciones en el colegio, empezamos a ir allí todos los días.

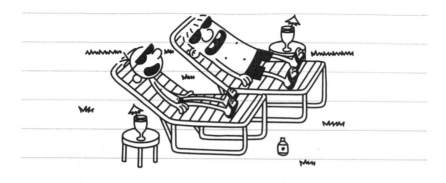

Después cometimos el error de invitar a aquella chica, Trista, que acababa de mudarse a nuestro barrio. Supuse que sería agradable compartir con ella el ambiente del club. Pero a los cinco segundos de llegar a la piscina conoció a uno de los socorristas y pasó totalmente de los dos chicos que la habíamos invitado.

La primera lección que aprendí es que hay gente que no se lo piensa dos veces a la hora de utilizarte cuando lo que hay por medio es una invitación a un club deportivo.

De todas formas, Rowley y yo nos sentíamos más a gusto sin una chica dando la lata alrededor. Ambos estábamos solteros por el momento y durante el verano es mejor no tener ataduras.

Hace unos días noté que la calidad de los servicios del club había empezado a bajar ligeramente. Por ejemplo, a veces la temperatura de la sauna estaba algunos grados demasiado alta, y en una ocasión el camarero del área de la piscina se olvidó de ponerme la sombrillita en el batido de frutas.

Le comuniqué todas mis quejas al padre de Rowley.
Pero por alguna razón el señor Jefferson nunca se
las transmitió al director del club.

Eso me parece una necedad. Si fuera yo el que estuviera pagando por ser socio de un club deportivo, me
gustaría estar seguro de que mi inversión merece la
pena.

De todos modos, un rato después Rowley me dijo que
ya no le dejan invitarme al club, lo cual me parece
estupendo. Estoy mucho mejor en casita con el aire
acondicionado, sin tener que mirar si hay avispas en
mi refresco cada vez que le voy a dar un sorbo.

<u>Sábado</u>

Como ya he dicho, mamá no para de intentar que
vaya a la piscina con ella y mi hermanito Manny. El
problema es que mi familia está abonada a la piscina
MUNICIPAL, no al club deportivo. Y una vez que
te has acostumbrado al ambiente del club, se hace
difícil volver a hacer cola como un pobretón en la
cafetería de la piscina municipal.

Así, el año pasado me juré a mí mismo que nunca
volvería a ese sitio. En la piscina municipal, antes de
bañarte tienes que pasar por los vestuarios, donde
hombres hechos y derechos se están enjabonando a la
vista de todo el mundo.

6

La primera vez que pasé por los vestuarios masculinos de la piscina municipal fue una de las experiencias más traumáticas de mi vida.

Seguramente tuve suerte de no quedarme ciego. En serio, no veo por qué papá y mamá se molestan en protegerme de las películas de terror y cosas así, si luego permiten que me exponga a algo mil veces más horroroso.

Me encantaría que mamá dejara de pedirme que fuera a la piscina municipal, porque cada vez que lo hace me recuerda imágenes que me he esforzado en olvidar.

<u>Domingo</u>

Bueno, ahora sí que DEFINITIVAMENTE me voy a quedar dentro de casa el resto del verano. Mamá convocó anoche una "reunión familiar" y dijo que este año estamos muy justos de dinero y no nos podemos permitir ir a la playa, lo que significa que adiós a las vacaciones familiares.

ESO sí que es una lata. Me había HECHO a la idea de ir a la playa este verano. Y no es que me gusten el mar y la arena, ni nada de eso. No me gustan. Me di cuenta hace mucho tiempo de que todos los peces y ballenas y tortugas del mundo hacen sus necesidades en pleno océano. Y parece que soy la única persona a la que le preocupa esto.

A mi hermano Rodrick le gusta burlarse de mí porque cree que me dan miedo las olas. Pero les aseguro que no es cierto.

En cualquier caso, estaba deseando ir a la playa, porque por fin he crecido lo suficiente como para montar en el *Cranium Shaker*, que es una atracción fabulosa que hay en el paseo marítimo.

Rodrick ha montado en el *Cranium Shaker* cientos de veces, y dice que no te puedes considerar un hombre hasta que no has vivido esa experiencia.

Mamá dijo que si "ahorramos unos centavitos" quizá podríamos ir a la playa el año que viene. Luego dijo que lo pasaríamos estupendamente en familia y algún día recordaríamos este verano como "el mejor verano de nuestras vidas".

Bueno, este verano sólo me queda esperar a que sucedan dos cosas. Una, mi cumpleaños. La otra es que se publique al fin la última historieta de "Lil Cutie". No sé si lo he dicho antes, pero "Lil Cutie" es la peor historieta que se haya dibujado jamás. Para que se hagan una idea de lo que quiero decir, ésta es la que traía el periódico de hoy:

Papi, cuando llueve, ¿Dios está sudando?

Pero lo más curioso de todo es que, aunque detesto "Li'l Cutie", no puedo evitar leerlo, y lo mismo le pasa a papá. Supongo que disfrutamos viendo lo malo que es.

"Li'l Cutie" se ha publicado durante los últimos treinta años, y su autor es un tal Bob Post. He oído que el personaje de Li'l Cutie está inspirado en el hijo de Bob cuando era pequeño.

Supongo que ahora que el auténtico Lil Cutie ya es mayor, su padre tendrá problemas para conseguir nuevo material.

Hace dos semanas, el periódico anunció que Bob Post se jubila y que en agosto se imprimirá la última historieta de "Lil Cutie". Desde entonces, papá y yo estamos contando los días para que por fin se acabe el dichoso cómic.

Cuando se publique el último "Lil Cutie", papá y yo daremos una fiesta. Un acontecimiento así merece una celebración en condiciones.

Lunes

Aunque papá y yo pensemos igual respecto a "Lil Cutie", todavía tenemos continuos encontronazos respecto a un montón de cosas. Actualmente, una de las principales materias conflictivas es mi hora de ir a dormir. Durante el verano me encanta pasarme toda la noche viendo la tele o jugando con los videojuegos, para luego dormir toda la mañana. Pero a papá le sienta fatal encontrarme todavía en la cama cuando llega a casa del trabajo.

Últimamente, papá me llama al mediodía para asegurarse de que no sigo durmiendo. Así que me llevo el teléfono a la cama y, cuando suena, pongo mi mejor voz de estar totalmente despierto.

Creo que papá siente envidia porque tiene que irse a trabajar, mientras el resto de nosotros puede relajarse y tomárselo con calma todos los días.

Pero si eso le va a tener de mal humor todo el tiempo, más le valdría hacerse profesor o conductor de máquinas quitanieves o tener uno de esos empleos en los que no se trabaja durante los meses de verano.

Y mamá tampoco es que ayude a levantarle la moral a papá... Le llama al trabajo cinco veces al día para tenerle al tanto de lo que sucede en casa.

¡ADIVINA LO QUE HA HECHO MANNY ESTA MAÑANA EN SU ORINALITO! ¡ADIVINA!

Martes

Papá le compró a mamá una cámara por el Día de la Madre, y últimamente ella ha estado sacando un montón de fotos. Creo que es porque se siente culpable por no haber continuado los álbumes de fotos familiares.

Cuando mi hermano mayor, Rodrick, era un bebé, a mamá no se le escapaba nada.

La primera vez que
Rodrick probó los guisantes

La segunda vez que
Rodrick probó los guisantes

Primeros pasos de Rodrick

¡Catapum!

Cuando llegué yo, mamá empezó a estar muy ocupada y desde entonces hay un montón de lagunas en la historia oficial de nuestra familia.

Bienvenido al mundo,
Gregory

Llevando a Gregory
a casa desde el hospital

Fiesta del sexto
cumpleaños de Gregory

Primer día de
colegio de Gregory

De todos modos, he aprendido que los álbumes de
fotos no son un registro demasiado fiel de lo que
ocurre en tu vida. El año pasado, cuando estuvimos
en la playa, mamá compró varias caracolas en una
tienda de recuerdos y luego vi cómo las enterraba en
la arena, para que Manny pudiera "encontrarlas".

Bueno, me gustaría no haberlo visto, porque eso me hizo replantear toda mi etapa de niñez.

¡Gregory sí que sabe "encontrar" caracolas!

Mamá dijo hoy que tenía un aspecto muy "greñudo" y que me iba a llevar a cortar el pelo.

Pero yo nunca hubiera accedido a ir a la peluquería si llego a saber que mamá me iba a llevar al Salón de Belleza Bombshells, que es donde ELLA Y LA ABUELA van a arreglarse el pelo.

Sin embargo, tengo que decir que la experiencia del salón de belleza en conjunto no estuvo del todo mal. En primer lugar, tienen teles puestas por todo el local, de modo que puedes ver un programa mientras esperas tu turno para cortarte el pelo.

Segundo, tienen montones de revistas del corazón y sensacionalistas, el tipo que se puede encontrar en los supermercados. Mamá dice que estas revistas están llenas de mentiras, pero me parece que cuentan cosas muy interesantes.

La abuela siempre está comprando esas revistas, aunque mamá no lo aprueba. Hace unas semanas, la abuela no contestaba al teléfono, así que mamá se preocupó mucho y fue en coche hasta su casa para ver si se encontraba bien. La abuela estaba perfectamente, pero no cogía el teléfono por una cosa que había leído.

19

Eso sí, cuando mamá le preguntó de dónde había
sacado esa información, la abuela dijo

ESTE... EH... DEL
NEW YORK TIMES.

El perro de la abuela, Henry, murió hace poco y desde
entonces la abuela pasa mucho tiempo sin nada que
hacer. Y mamá se preocupa por sus salidas como la de
los teléfonos inalámbricos del otro día.

Siempre que mamá encuentra revistas en casa de la
abuela, se las trae a casa y las tira a la basura. La
semana pasada rescaté una del cubo de la basura y la
leí en mi habitación.

Me alegro de haberlo hecho. Me permitió enterarme de
que América del Norte quedará sumergida bajo las aguas
dentro de seis meses, cosa que de alguna manera me alivia
de la presión de tener que esforzarme en el colegio.

Tuve que esperar mucho rato en el salón de belleza, pero la verdad es que no me importó. Pude leer mi horóscopo y ver las fotos de las estrellas de cine sin maquillaje, así que estaba la mar de entretenido.

Cuando me tocó el turno de cortarme el pelo, descubrí lo mejor del salón de belleza: los CHISMES.
Las señoras que trabajan allí se saben los trapos sucios de todo el mundo en esta ciudad.

Por desgracia, mamá vino a recogerme justo en mitad de una historia sobre el señor Peppers y su nueva esposa, que es veinte años más joven que él.

Espero que el pelo me vuelva a crecer rápido para poder volver allí y enterarme del resto de la historia.

Viernes

Me parece que mamá se empieza a arrepentir de haberme llevado el otro día a cortarme el pelo. Las señoras de Bombshells me iniciaron en los culebrones de la tele y ahora estoy totalmente enganchado.

Ayer estaba en mitad del episodio cuando llegó mamá y me dijo que apagara la tele y buscara otra forma de pasar el tiempo. Me di cuenta de que no había posibilidad de discutir con ella, así que llamé a Rowley y le invité a venir a casa.

Cuando llegó Rowley, fuimos directos al sótano, a la habitación de Rodrick. Mi hermano había salido a tocar con su grupo, «Celebros Retorcidos». Siempre que está fuera me gusta curiosear en sus cosas, por si encuentro algo interesante.

Esta vez lo primero que encontré en el cajón de trastos y porquerías varias de Rodrick fue un llavero de los que venden en las tiendas de recuerdos de la playa.

Y si miras dentro ves una foto de Rodrick con una chica.

No sé de dónde ha podido sacar Rodrick esa foto, porque he estado con él cada uno de los veranos que la familia ha ido a la playa, y si le hubiera visto con ESA chica, estoy totalmente seguro de que la recordaría.

Le enseñé la foto a Rowley, pero tuve que sujetar bien el llavero, porque intentó quitármelo.

Seguimos hurgando un poco más y entonces encon-
tramos una película de miedo en el fondo del cajón de
Rodrick. No podía creer que tuviéramos tanta
suerte. Todavía no habíamos visto una película de
terror, así que se trataba de un gran hallazgo.

Le pregunté a mamá si Rowley se podía quedar a
pasar la noche y dijo que sí. Me aseguré de pregun-
társelo cuando papá no estaba en la habitación,
porque a papá no le gusta que tenga invitados a
dormir "las noches laborables".
El verano pasado Rowley vino a dormir a casa y
dormimos en el sótano.

Le dejé a Rowley la cama que quedaba más cerca del cuarto de la caldera, porque la verdad es que esa habitación me da miedo. Supuse que si algún ser salía de allí en mitad de la noche, atraparía primero a Rowley y eso me dejaría una ventaja de unos cinco segundos para escapar.

Hacia la 1:00 de la madrugada, escuchamos algo en el cuarto de la caldera que nos puso los pelos de punta.

Sonaba como si fuera el fantasma de una chica o algo así, y decía:

Rowley y yo nos atropellamos el uno al otro y casi nos matamos, tratando de subir a toda prisa las escaleras del sótano.

Irrumpimos en la habitación de papá y mamá y les dije que nuestra casa estaba embrujada y que teníamos que irnos inmediatamente.

A papá no pareció convencerle, bajó al sótano y se dirigió directamente al cuarto de la caldera. Rowley y yo nos quedamos esperando unos diez pies más atrás.

Yo estaba seguro de que papá no iba a salir vivo de allí. Se escucharon varios crujidos y algunos golpes, y yo estaba listo para salir corriendo.

Pero unos segundos después salió con uno de los juguetes de Manny, el muñeco Harry Juega al Escondite.

Anoche Rowley y yo esperamos a que papá y mamá se fueran a dormir, y luego estuvimos viendo la película. Técnicamente, yo fui el único que la vio, porque Rowley estuvo con los ojos y los oídos tapados la mayor parte del tiempo.

La película iba de una especie de mano de barro viscoso que va por ahí matando gente. Y la última persona que ve la mano es siempre la siguiente víctima.

RASSS
RASSS

Los efectos especiales eran bastante flojos y yo no me asusté hasta la escena final. Entonces fue cuando llegó el paro cardíaco.

Después de que la mano estrangula a su última víctima, se arrastra directamente hacia la pantalla y se vuelve todo negro. Al principio me quedé un poco confundido, pero enseguida comprendí que eso significaba que YO iba a ser la próxima víctima.

Apagué la tele y le conté a Rowley toda la película, desde el principio hasta el final.

Debí hacerlo muy bien como narrador, porque Rowley se quedó todavía más aterrorizado que yo.

Sabía que esta vez no podíamos acudir a papá y mamá en busca de ayuda, porque se iban a enfadar cuando se enteraran de que habíamos estado viendo la película de terror. Como no nos sentíamos a salvo en el sótano, nos pasamos el resto de la noche en el cuarto de baño de arriba, con las luces encendidas.

Ojalá hubiéramos podido aguantar despiertos toda la noche, porque cuando papá nos encontró esta mañana, la escena no era demasiado constructiva.

Papá quiso saber qué sucedía, y tuve que confesar. Papá se lo contó a mamá, así que ahora me encuentro pendiente de saber cuánto tiempo voy a estar castigado. Pero, para ser sincero, me preocupaba mucho más esa mano fangosa que cualquier castigo que se le pudiera ocurrir a mamá.

Aunque, pensándolo bien, me di cuenta de que una mano cubierta de barro sólo puede recorrer cierta distancia al día.

Por tanto, eso significa que se prolonga mi esperanza de vida.

Martes

Ayer mamá me estuvo sermoneando con que los chicos de mi edad ven películas demasiado violentas y pasan demasiado tiempo con los videojuegos, de forma que no sabemos qué es la VERDADERA diversión.

Yo me quedé callado, porque no estaba seguro de a dónde quería ir a parar mamá con todo eso.

Entonces mamá dijo que iba a poner en marcha un "club de lectura" para los chicos del barrio, de manera que ella nos pudiera abrir los ojos a toda esa maravillosa literatura que nos estamos perdiendo.

Le supliqué a mamá que, en lugar de eso, se limitara a imponerme un castigo convencional, pero no hubo forma de hacerla cambiar de opinión.

Así que hoy hemos tenido la primera reunión del Club Leer Es Divertido. De alguna manera, me siento culpable por todos esos chicos OBLIGADOS a venir por sus madres.

Al menos era un alivio que mamá no hubiera invitado a Fregley, ese chico raro que vive calle arriba, porque últimamente su comportamiento ha sido más extraño que de costumbre.

¿QUIERES QUE TE HABLE SOBRE "MI HIGIENE PERSONAL?

Empiezo a pensar que tal vez Fregley podría ser peligroso, pero por suerte este verano no ha salido de su patio. Creo que sus padres deben tener una alambrada eléctrica o algo así.

El caso es que mamá le dijo a todo el mundo que llevara su libro favorito a la reunión, para que pudiéramos elegir uno y comentarlo. Los chicos pusieron sus libros sobre la mesa y todos ellos parecían la mar de satisfechos con su selección, excepto mamá.

Mamá dijo que los libros que habíamos llevado no
eran "auténtica" literatura y que íbamos a tener
que empezar con los "clásicos".

35

Entonces sacó un montón de libros que debía
guardar de cuando era niña.

Es exactamente el mismo tipo de libros que los profesores
siempre están intentando que leamos en el colegio.

Incluso tienen un programa en el que si lees un "clásico" en tu tiempo libre te dan como premio una pegatina, una hamburguesa o algo por el estilo.

No sé a quién se creen que tratan de engañar. En la tienda de arte, puedes comprar un pliego con un centenar de pegatinas por sólo cincuenta centavos.

No estoy muy seguro de qué significa que un libro sea un "clásico", pero creo que debe tener al menos cincuenta años y que alguna persona o animal muera al final.

Mamá dijo que si los libros que ella había elegido no nos gustaban, nos podíamos ir a la biblioteca a buscar alguna cosa que nos gustara a todos. Pero eso no iba conmigo.

Resulta que cuando yo tenía ocho años saqué prestado un libro de la biblioteca y luego me olvidé de él por completo. Años después, encontré el libro debajo de mi mesa y pensé que seguramente debía más de dos mil dólares por el retraso en devolverlo.

Así que enterré el libro debajo de un montón de cómics viejos, en el trastero, y ahí es donde sigue actualmente. No he vuelto a la biblioteca desde entonces, pero sé que si me se ocurre ASOMARME por allí, ellos van a estar esperándome.

De hecho, hasta me pongo nervioso cada vez que veo a una bibliotecaria.

Le pregunté a mamá si nos daba una segunda oportunidad de seleccionar un libro por nuestra cuenta y dijo que sí. Se supone que mañana nos reuniremos de nuevo y llevaremos nuestra nueva selección.

Miércoles

Bueno, pues el colectivo de miembros del Club Leer Es Divertido ha sufrido un fuerte revés de la noche a la mañana. La mayoría de los chicos que vinieron ayer hoy han fallado y sólo quedamos dos.

Rowley trajo dos libros.

El libro que yo había escogido era la novena entrega de la serie "El juicio de las sombras: los mundos oscuros". Pensé que a mamá le gustaría, porque es muy largo y no tiene dibujos.

Pero a mamá no le gustó mi libro. Dijo que no aprobaba la ilustración de la portada por cómo representaba a las mujeres.

He leído "El juicio de las sombras" y, hasta donde puedo recordar, no sale ni una mujer en toda la historia. De hecho, me pregunto si la persona que hizo el diseño de la cubierta se leyó el libro.

De todos modos, mamá dijo que ella iba a encargarse de elegir un libro para nosotros, haciendo uso de su capacidad de veto como fundadora del Club Leer Es Divertido. Y escogió uno titulado "La telaraña de Carlota", que tiene toda la pinta de ser uno de esos "clásicos" de los que hablaba antes.

Sólo con mirar la ilustración de la cubierta se sabe que uno de los dos, la chica o el cerdo, no llega vivo al final del libro.

Viernes
En fin, el Club Leer Es Divertido se ha quedado reducido a un solo miembro: es decir, yo.

Rowley se fue ayer a jugar al golf con su padre o algo así, de manera que me ha dejado colgado. Yo no había cumplido con mis deberes de lectura y contaba con él para que me sacara del atolladero durante la reunión de hoy.

Sin embargo, no tengo la culpa de no haber podido cumplir con mis deberes de lectura. Mamá me dijo ayer que tenía que leer en mi habitación durante veinte minutos, pero lo cierto es que tengo dificultades para concentrarme durante largos periodos de tiempo.

Después de pillarme ayer perdiendo el tiempo, mamá me prohibió ver la tele hasta que terminara de leer el libro. Así que anoche no tuve más remedio que esperar hasta que se fuera a la cama para poder disfrutar de mi dosis de entretenimiento.

Sin embargo, me puse a pensar en la película de la mano embarrada. Tenía miedo de que, si me quedaba viendo la tele yo solo por la noche, aquella mano fangosa pudiera salir de debajo del sofá arrastrándose y agarrarme por un pie o algo así.

Resolví el problema preparando una senda con ropa y diversos objetos, entre mi habitación y el cuarto de estar. Así podía ir escaleras abajo y regresar sin tocar el suelo con los pies.

Papá tropezó esta mañana con un diccionario que había dejado en lo alto de las escaleras y ahora está enojado conmigo. Pero prefiero que se enoje papá a la otra posibilidad cualquier día de la semana.

Mi nuevo temor es que la mano suba arrastrándose hasta mi cama y me pille cuando estoy dormido. Así que últimamente me cubro todo con la manta y sólo dejo un pequeño espacio para respirar.

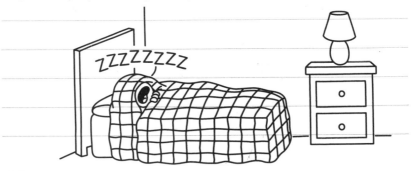

Pero se trata de una estrategia que no deja de tener sus RIESGOS. Rodrick se metió en mi habitación y pasé toda la mañana tratando de quitarme de la boca el sabor de un calcetín sucio.

Domingo

Hoy era el último día para acabar de leer los tres primeros capítulos de "La telaraña de Carlota". Cuando mamá se dio cuenta de que todavía no lo había hecho, dijo que íbamos a estar sentados en la cocina hasta que terminara.

Aproximadamente media hora después llamaron a la puerta principal, y era Rowley. Creí que a lo mejor quería volver al Club Leer Es Divertido, pero cuando vi que su padre venía con él supe que algo no marchaba bien.

El señor Jefferson llevaba un papel de aspecto oficial con el logotipo del club deportivo. Era la factura de todos los batidos de fruta que Rowley y yo nos habíamos tomado en la cafetería del club. El importe total ascendía a ochenta y tres dólares.

Cada vez que Rowley y yo encargábamos una bebida en la cafetería, nos limitábamos a escribir el número de la cuenta del señor Jefferson en la nota. Nadie nos advirtió que luego alguien tendría que PAGARLO.

Todavía no acabo de entender qué hacía el señor Jefferson en MI casa. Me parece que es arquitecto o algo así, de manera que si necesita ochenta y tres dólares siempre puede diseñar una casa más y ya está. Sin embargo, habló con mamá y los dos estuvieron de acuerdo en que Rowley y yo teníamos que pagar esa factura.

Le he dicho a mamá que Rowley y yo sólo somos unos niños y no es lo mismo que si tuviéramos una profesión y un sueldo. Pero mamá se ha limitado a decir que íbamos a tener que ser "creativos". Entonces ha dicho que no quedaba más remedio que suspender las reuniones del Club Leer Es Divertido hasta que hubiéramos pagado nuestra deuda.

Para ser sincero, de alguna manera me siento aliviado. Llegados a este punto, cualquier cosa que no tenga que ver con la lectura me parece bien.

<u>Martes</u>

Ayer Rowley y yo estuvimos todo el día estrujándonos el cerebro, tratando de discurrir una manera de conseguir esos ochenta y tres dólares. Rowley dijo que tal vez bastaría con que yo fuera al cajero automático y sacara el dinero para pagar a su padre.

Rowley tuvo esta ocurrencia porque cree que soy rico. Hace un par de años, durante las vacaciones de Navidad, Rowley vino a casa y coincidió que se había acabado el papel higiénico, de modo que, hasta que papá volviera al súper a comprar más, utilizamos como sustituto servilletas de papel de esas que se ponen en las fiestas.

Rowley pensó que aquellas servilletas eran algún tipo de papel higiénico sumamente lujoso, y me preguntó si mi familia era rica.

No iba a dejar pasar semejante ocasión para impresionarle.

Pero lo cierto es que NO soy rico, y ése es precisamente el problema. Me puse a pensar cómo un chico de
mi edad podría ganar algo de dinero y la idea me vino
de sopetón: podíamos montar un servicio de
mantenimiento del césped.

No hablo de un servicio de mantenimiento del césped,
vulgar y corriente, del montón. Me refiero a una
empresa que lleve el mantenimiento del césped a otro
nivel. Decidimos llamar a nuestra empresa Servicios de
Césped V.I.P.

Llamamos a las Páginas Amarillas y les dijimos que
queríamos poner un anuncio en su guía telefónica. Y
no uno de esos pequeños anuncios por palabras, sino
uno bien grande, en doble página a color.

Pero los de las Páginas Amarillas nos dijeron que publicar nuestro anuncio en su guía nos iba a costar varios miles de dólares.

Les dije que eso no tenía sentido, porque ¿cómo va a pagar alguien un anuncio si todavía no ha empezado a ganar dinero?

Rowley y yo nos dimos cuenta de que íbamos a tener que enfocar el asunto de otra manera, y hacer nuestra PROPIA publicidad.

Pensé que bastaría con hacer unos folletos y ponerlos en todos los buzones del barrio. Sólo necesitábamos algunos recursos de corta-y-pega para poner la empresa en marcha.

Así que fuimos a la tienda de la esquina y compramos una de esas tarjetas que las mujeres se envían unas a otras para felicitarse los cumpleaños.

Luego lo escaneamos en el ordenador de Rowley y pegamos las fotos de NUESTRAS cabezas encima de los cuerpos que aparecían en el tarjetón.

También añadimos algunas herramientas de jardinería recortadas. Finalmente lo imprimimos y tengo que decir que el resultado fue espectacular.

Hice unos cálculos y estimé que hacer suficientes
folletos para todo el barrio nos iba a salir al menos
por unos doscientos dólares en papel y cartuchos de
color. Así que le preguntamos al padre de Rowley si
podía ir él a la tienda y comprarnos todo el material
que necesitábamos.

Pero el señor Jefferson se negó rotundamente. Es
más, nos dijo que no podíamos usar su ordenador ni
imprimir más copias de nuestro folleto.

Esto me sorprendió un poco, porque si el señor
Jefferson quería que le pagáramos, no nos ponía las
cosas fáciles. Pero no nos quedó más remedio que
coger nuestro único ejemplar del folleto y salir
de su despacho.

Entonces Rowley y yo fuimos de casa en casa,
mostrándole nuestro folleto a todo el mundo y hablándole de Servicios de Césped V.I.P.

Después de intentarlo en varias casas, nos dimos cuenta de que iba a ser mucho más fácil si a la siguiente
persona con la que habláramos le pidiéramos que pasara
el folleto, y así Rowley y yo no tendríamos que
caminar tanto.

Ahora ya sólo quedaba sentarnos a esperar a que alguien
nos llamara por teléfono para empezar nuestra actividad.

Jueves
Ayer, Rowley y yo estuvimos esperando todo el día,
pero nadie nos llamó.

Estaba empezando a preguntarme si no deberíamos buscar otra tarjeta con chicos todavía más musculosos para nuestro próximo folleto. Entonces, esta mañana, a eso de las 11:00, recibimos una llamada de la señora Canfield, una señora que vive en la misma calle que la abuela. Dijo que necesitaba que alguien cortara el césped pero quería consultar nuestras referencias antes de contratarnos

Yo antes solía cuidar el césped de la abuela, así que la llamé y le pedí que llamara a la señora Canfield y le contara lo responsable que soy.

Bueno, pues debí pillar a la abuela en un mal día, porque la verdad es que me puso todo tipo de peros. Dijo que el otoño pasado había dejado montones de hojas encima de su césped y ahora tiene todo el césped lleno de calvas.

Luego me preguntó cuándo pensaba volver para terminar el trabajo.

Ésa no era la clase de respuesta que esperaba de ella. Le expliqué a la abuela que ahora sólo trabajábamos a sueldo, aunque era posible que pudiéramos volver al final del verano.

Luego llamé a la señora Canfield con mi mejor imitación de la abuela. Supongo que tengo suerte de que mi voz todavía no ha cambiado.

LOS DE SERVICIOS DE CÉSPED V.I.P. HICIERON UN MAGNÍFICO TRABAJO, ADAPTADO A LAS NECESIDADES ESPECÍFICAS DE MI JARDÍN.

Lo crean o no, la señora Canfield se lo tragó. Le dio las gracias por la referencia a la "abuela" y colgó el teléfono. Minutos después, nos volvió a llamar y yo contesté con mi voz normal. La señora Canfield dijo que nos contrataba y que pasáramos más tarde por su casa para empezar a trabajar.

Pero mi casa está bastante lejos de la de la señora Canfield, así que le pregunté si podía venir a buscarnos. No pareció muy contenta de que no tuviéramos nuestro propio medio de transporte, pero dijo que estuviéramos preparados, porque pasaría a recogernos a mediodía.

La señora Canfield vino a casa a las 12:00 con la camioneta de su hijo y preguntó dónde teníamos la cortadora de césped y las demás herramientas.

Le dije que por ahora no teníamos el equipo, pero
como mi abuela no cierra la puerta lateral, yo podía
entrar y tomar prestada su cortadora. Intuyo que la
señora Canfield estaba desesperada por que le cor-
taran el césped, porque accedió a mi plan.

¿LE IMPORTA
SI CAMBIO
LA EMISORA?

Por suerte, la abuela no estaba en casa, así que
resultó fácil llevarnos la cortadora de césped. La
llevamos al patio de la señora Canfield y al fin
estábamos listos para empezar a trabajar.

Y en ese momento Rowley y yo nos dimos cuenta de
que nunca antes habíamos manejado una cortadora de
césped. Durante un rato, estuvimos dándole vueltas,
intentando averiguar cómo se ponía en marcha ese
chisme.

Por desgracia, cuando movimos la cortadora de lado se
le salió toda la gasolina sobre la hierba y tuvimos que
volver a casa de la abuela para buscar más.

Aproveché para coger el manual de la segadora.
Intenté leerlo, pero las instrucciones estaban
escritas en alemán. De las partes que PUDE com-
prender, llegué a la conclusión de que manejar una
cortadora de césped era bastante más peligroso de lo
que yo había imaginado en un principio.

Le dije a Rowley que empezara él a cortar el césped y que, mientras tanto, yo me iba a sentar a la sombra para pensar en futuros planes para nuestro negocio.

A Rowley no le gustó aquella idea. Dijo que esto era una "sociedad" y que todo tenía que ir al 50%.
Aquello sí que me dejó sorprendido, porque yo fui el que primero tuvo la idea del servicio de mantenimiento del césped, de manera que me sentía mucho más como el propietario que como un socio.

Le dije a Rowley que uno tenía que ocuparse del trabajo duro y otro de manejar el dinero, para que no se ensuciara de sudor.

Créanlo o no, aquello fue suficiente para que Rowley se despidiera del trabajo.

Quiero dejar constancia de que si Rowley llega alguna vez a necesitarme para que dé una referencia de él para un empleo, me temo que no va a ser muy buena.

La verdad es que no necesito a Rowley para nada. Si este negocio de mantenimiento del césped crece como pienso que lo hará, voy a tener un CENTENAR de Rowleys trabajando para mí.

Mientras tanto, había que segar el césped de la señora Canfield. Estudié el manual un rato más y averigüé que había que tirar de una manilla que había atada a una cuerda. Lo intenté a ver qué pasaba.

Y entonces la cortadora de césped se puso en marcha conmigo detrás. No era tan malo como había imaginado.

Era una cortadora autopropulsada, de modo que todo lo que tenía que hacer era caminar detrás y corregir el rumbo de vez en cuando.

Entonces me di cuenta de que había cacas de perro por todas partes. Y no era fácil conducir la cortadora autopropulsada entre ellas.

Servicios de Césped V.I.P. tiene una política muy estricta en lo que a excrementos de perro se refiere, y consiste en que ni nos acercamos.

Y desde ese momento, cada vez que veía cualquier cosa con aspecto sospechoso, dejaba a su alrededor un círculo de diez pies para estar seguro.

Después de eso el trabajo fue bastante más rápido, porque quedaba mucho menos césped que cubrir. Cuando terminé, me dirigí a la puerta principal de la casa para cobrar por mi trabajo. La cuenta final eran treinta dólares, de los que veinte eran por cortar el césped y diez más por el tiempo y el trabajo que Rowley y yo habíamos invertido en el diseño del folleto.

Pero la señora Canfield no me pagó. Dijo que nuestro servicio era "penosísimo" y que habíamos dejado casi todo el césped sin cortar.

Le expliqué el asunto de las plastas de perro, pero eso no le hizo soltar el dinero. Y para empeorar aún más las cosas, tampoco me llevó de vuelta a casa. Ya había pensado que alguien intentaría estafarnos este verano, pero no me imaginaba que fuera nuestro primer cliente.

Tuve que volver andando a casa y para cuando llegué todavía estaba enojado. Le conté a papá toda la historia sobre mi experiencia con el negocio del césped y que la señora Canfield no quiso pagarme.

Papá se plantó con el coche en casa de la señora Canfield, y yo fui con él. Yo pensaba que él iba a decirle cuatro cosas por haberse aprovechado de su hijo, y quería verlo en primera fila. Pero papá agarró la cortadora de la abuela y cortó el resto del césped de la señora Canfield.

RRRRRR

Y cuando terminó, ni siquiera le pidió dinero.

Sin embargo, el viaje no fue una pérdida TOTAL de tiempo. Mientras papá recogía las cosas, yo puse un cartel en el patio delantero de la señora Canfield.

Supuse que, ya que no iba a cobrar, al menos podría conseguir algo de publicidad gratuita.

OTRO GRAN
TRABAJO
DE SERVICIOS DE
CÉSPED V.I.P.
555-2941

TUNC

Sábado

Servicios de Césped V.I.P. no se ha desbordado de la manera espectacular en que yo pensé que ocurriría. No he tenido ni un encargo desde aquel primer trabajo, y empiezo a sospechar que la señora Canfield ha estado hablando mal de mí a sus vecinos.

Estaba pensando olvidarme de todo y cerrar el negocio, pero luego me he dado cuenta de que, con algunos cambios en el folleto, podríamos retomar la actividad durante el invierno.

V.I.P.
SERVICIOS LIMPIEZA DE NIEVE

SI HA PROBADO LOS DEMÁS
¡TODOS QUEDAN MUY ATRÁS!

El problema es que necesito el dinero AHORA. Llamé a Rowley para empezar a pensar en nuevas ideas, pero su madre me dijo que había ido al cine con su papá. Esto me ha sorprendido bastante por su parte, porque ni siquiera se ha molestado en preguntarme si podía tomarse el día libre.

Mamá no me permite hacer nada divertido hasta que la dichosa cuenta de los batidos de fruta esté pagada, y eso significa que me toca A MÍ pensar en cómo conseguir el dinero.

¿Saben quién tiene un montón de dinero? Manny. Quiero decir que ese chico es realmente RICO. Hace algunas semanas, mamá y papá le dijeron a Manny que le darían veinticinco centavos cada vez que utilizara el orinal sin que se lo dijeran. Ahora va a todas partes con una garrafa de agua.

Manny guarda todo su dinero en un gran frasco de cristal, encima de la cómoda. Debe tener por lo menos 150 dólares ahí dentro.

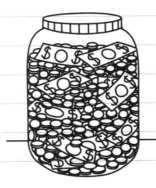

Había pensado pedirle prestado el dinero a Manny, pero no me atrevo. Estoy seguro de que carga intereses abusivos en sus préstamos.

Estoy intentando imaginar alguna manera de ganar dinero sin tener que trabajar. Pero cuando le expliqué mi idea a mamá, dijo que lo que pasa es que soy un "vago".

Bueno, puede que YO SEA un vago, pero en realidad no es culpa mía. He sido perezoso desde que era pequeño, y si alguien lo hubiera remediado a tiempo, puede que ahora no fuera como soy.

Recuerdo que, cuando estaba en preescolar, al acabarse el recreo, la profesora nos decía a todos que guardáramos nuestros juguetes, y todos cantábamos la "Canción de la limpieza" mientras lo hacíamos. Bueno, yo cantaba la canción con todos los demás, pero no recogía nada.

Así que si buscan al culpable de mi forma de ser, pueden empezar por el sistema de educación pública.

Domingo

Mamá vino esta mañana a mi habitación y me despertó para ir a la iglesia. Yo me alegré de ir, porque sabía que iba a tener que recurrir a un poder superior para liquidar la cuenta de los batidos de frutas. Siempre que la abuela necesita algo, se pone a rezar y lo consigue.

Quizá tiene una línea directa con Dios, o algo así.

No sé por qué yo no tengo ese tipo de enchufe. Pero eso no quiere decir que no lo intente.

El sermón de hoy tenía como título "Jesús está en todas partes". Iba de cómo debemos ser amables con todo el mundo, porque nunca sabes quién puede ser Jesús si se hace pasar por otra persona.

Supongo que la intención es que procuremos ser mejores, pero a mí me pone un poco paranoico, ya que estoy seguro de que voy a equivocarme.

Pasaron la cesta de las limosnas igual que cada semana, y todo lo que se me ocurrió era que yo necesitaba ese dinero más que cualquier otra cosa a la que se fuera a destinar.

Pero mamá debió leerme el pensamiento en la mirada, porque se apresuró a pasar la cesta a la fila de atrás antes de que yo pudiera meter la mano.

Lunes

El próximo fin de semana es mi cumpleaños y los días pasan superlentos. Este año voy a tener una fiesta de cumpleaños FAMILIAR. Todavía estoy mosqueado con Rowley por haberse rajado de nuestro negocio de mantenimiento del césped, así que no quiero que se piense que puede venir a comerse mi pastel de cumpleaños.

Es más, he aprendido bastante sobre celebrar los cumpleaños con los amigos. Si haces una fiesta con los amigos, todos se creen con derecho a jugar con tus regalos.

Y cada vez que celebro el cumpleaños con amigos, mamá invita a los hijos de SUS amigas, de manera que siempre acaba asistiendo a mi fiesta un montón de gente que apenas conozco.

Y esos chicos no son quienes compran los regalos, sino las madres. Así que aunque te regalen cosas como un videojuego, nunca será del tipo de videojuego que te gusta.

Menos mal que este año no estoy en el equipo de natación. El año pasado tenía entrenamiento el día de mi cumpleaños y mamá me llevó hasta la piscina.

Me dieron tantas palmadas de felicitación que luego no podía levantar los brazos para nadar.

Así que cuando se acerca tu cumpleaños lo mejor es mantener a los amigos alejados de ti.

Mamá dijo que podíamos hacer una fiesta familiar si prometía no montar mi "numerito habitual" con las tarjetas de felicitación. Es una lástima, porque tengo un sistema FORMIDABLE para abrir las tarjetas. Pongo los sobres en un montón y los voy cortando y agitando de uno en uno, para que el dinero caiga fuera. Como no pierdo el tiempo en leer los mensajes, termino en un periquete.

Mamá considera que lo que hago es "insultante" para las personas que me escribieron las tarjetas. Dice que esta vez tengo que leer cada una de ellas y dar las gracias a quien la haya firmado. Esto me va a hacer ir mucho más lento, pero supongo que vale la pena.

He estado reflexionando bastante sobre qué regalo quiero pedir por mi cumpleaños. Lo que quiero de VERDAD es un perro.

Llevo pidiendo un perro desde hace tres años, pero mamá dice que tenemos que esperar hasta que Manny aprenda a ir solo al cuarto de baño. Con el rollo que se tiene montado, el período de aprendizaje de Manny va a durar ETERNAMENTE.

La cuestión es que yo sé que papá también quiere un perro. ÉL tenía perro cuando era un niño.

Pensé que lo que papá necesitaba era que alguien se lo sugiriera y el año pasado por Navidad vi mi oportunidad. Mi tío Joe y su familia vinieron a casa y trajeron con ellos a su perro, Killer.

Le pedí a tío Joe que intentara convencer a papá para que nos comprara un perro. Pero me temo que la actuación de tío Joe lo único que hizo fue retrasar unos cinco años mi campaña para conseguir el perro.

La otra cosa de la que me puedo olvidar como regalo por mi cumpleaños es un teléfono móvil, gracias a mi hermano Rodrick.

El año pasado papá y mamá le compraron a Rodrick un teléfono móvil, y la cuenta del primer mes fue de trescientos dólares. La mayor parte correspondía a llamadas que Rodrick había hecho a mis padres desde su habitación en el sótano para pedirles que pusieran la calefacción más fuerte.

Así que lo único que voy a pedir este año es un sillón de lujo reclinable de cuero. Mi tío Charlie tiene uno y prácticamente VIVE sentado en él.

El principal motivo de querer un sillón reclinable es que
así no me tendría que ir a la cama cuando acabara de
ver la tele por la noche, porque podría dormir en él.

Además, estos asientos tienen todo tipo de funcionali-
dades, como darte un masaje relajante en la nuca,
firmeza ajustable y cosas así. Creo que podría utilizar
el modo de vibración para hacer que los sermones de
papá resulten más soportables.

La única razón por la que tendría que levantarme
sería para ir al cuarto de baño. Aunque a lo mejor
espero hasta el año que viene para pedir un sillón
reclinable, porque seguro que para entonces ya
habrán tenido eso en cuenta en el nuevo modelo.

Jueves

Le pedí a mamá que me volviera a llevar al Salón de Belleza Bombshells, aunque todavía no necesito cortarme el pelo de nuevo. Tan sólo me apetecía enterarme de los últimos chismes.

Annette, mi peluquera, dijo que había oído decir a una señora que conoce a la señora Jefferson que Rowley y yo nos hemos distanciado.

Al parecer, Rowley anda triste y compungido porque no lo invité a mi fiesta de cumpleaños. Pues la verdad es que si está triste, no lo aparenta.

Cada vez que lo veo, anda por ahí con su padre. A mí más bien me da la impresión de que ha encontrado un nuevo amigo del alma.

Tan sólo quiero dejar constancia de que me parece de lo más injusto que Rowley pueda ir al club deportivo cuando todavía debe dinero por la cuenta de los batidos de fruta.

Por desgracia, la relación amistosa de Rowley con su padre empieza a afectar a MI vida. A mamá le ha dado por decir que es "FORMIDABLE" que Rowley y su padre vayan juntos, y que papá y yo deberíamos jugar a la pelota en el patio, o ir a pescar o algo por el estilo.

Pero la cuestión es que papá y yo no estamos hechos para esa relación de coleguismo entre padre e hijo. La última vez que mamá intentó que papá y yo hiciéramos algo así, acabé teniendo que sacar a papá del río Rappahannock.

Pero mamá no se da por vencida. Dice que quiere ver más "afecto" entre papá y nosotros, los chicos. Y esto ha producido algunas situaciones realmente incómodas.

Hoy estaba viendo la televisión, pensando en mis cosas, cuando oí que alguien llamaba a la puerta. Mamá dijo que un "amigo" había venido a verme, y supuse que era Rowley que quería disculparse.

Pero no era Rowley. ¡Era FREGLEY!

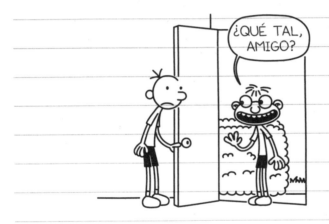

Cuando me recuperé del susto, cerré de un portazo la puerta. Empecé a sentirme aterrorizado, porque no sabía qué hacía Fregley en la puerta de mi casa. Pasados unos minutos, miré por la ventana lateral y Fregley TODAVÍA seguía allí.

Supe que tenía que tomar medidas drásticas y entonces
fui a la cocina para llamar a la policía. Pero mamá me
detuvo antes de que pudiera acabar de marcar el 911.

Mamá dijo que ELLA había invitado a venir a Fregley.
Dijo que yo parecía "solitario" desde que me había
enojado con Rowley, y pensó que sería una buena idea
invitar a Fregley.

Ésta es la razón por la que nunca le hablo a mi madre de mis asuntos personales. Esto de Fregley era una catástrofe total.

He oído que los vampiros no pueden entrar en tu casa a menos que los invites a pasar, y apuesto a que con Fregley ocurre lo mismo.

Así que ahora tengo DOS cosas de las que preocuparme: la mano fangosa y Fregley. Y si tuviera que elegir cuál prefiero que me atrape primero, escogería la mano fangosa sin dudarlo ni un momento.

Sábado

Hoy ha sido mi cumpleaños y supongo que las cosas han ido más o menos como había esperado. Los parientes empezaron a llegar a la 1:00 PM. Yo le había pedido a mamá que invitara a tanta gente como fuera posible, de modo que se pudiera maximizar el potencial de regalos, y ha venido bastante gente.

En mi cumpleaños prefiero ir al grano, directamente a los regalos, así que le dije a todo el mundo que nos reuniéramos en la sala de estar.

Me tomé mi tiempo con las tarjetas, tal como mamá me había pedido. Resultó un poco penoso, pero conseguí un buen botín, así que valió la pena.

Un saludo especial y un "¿Qué tal estás?" para un sobrino especial. ¡Pero bueno! ¡Si eres tú!

¡Feliz cumpleaños!

Tía Brenda

¡GUAU! ¡TÍA BRENDA, ESTO SÍ QUE ES INGENIOSO!

¡EN CUANTO LO VI EN LA TIENDA SUPE QUE ERA PERFECTO!

Por desgracia, tan pronto como recogí el dinero de las tarjetas, mamá me lo confiscó todo para pagar la cuenta del señor Jefferson.

Entonces me volví a los regalos envueltos, aunque no había demasiados. El primer regalo, de papá y mamá, era pequeño y pesado, y pensé que era buena señal. Cuando lo abrí, me quedé pasmado.

Al verlo más de cerca, me di cuenta de que no era un teléfono móvil como los demás. Se llamaba "Mariquita". No tenía teclado, ni nada. Sólo tenía dos botones: uno para llamar a casa y otro para urgencias. Así que no sirve de mucho.

El resto de mis regalos eran prendas de ropa y otras cosas que no necesito para nada. Todavía tenía esperanzas de conseguir el sillón reclinable, pero cuando comprobé que no había ningún sitio en el que papá y mamá pudieran haber escondido un paquete tan grande, descarté la idea.

Entonces mamá les dijo a todos que era hora de ir al comedor para cortar el pastel. Pero por desgracia, Killer, el perro de tío Joe, se nos había adelantado.

Yo esperaba que mamá saliera a comprar otro pastel, pero ella simplemente cogió el cuchillo y cortó la parte que el perro no había tocado.

Mamá me sirvió una gran ración, pero a esas alturas ya no me encontraba con ganas de comer, especialmente con Killer vomitando velitas de cumpleaños debajo de la mesa.

Domingo

Me parece que mamá se ha sentido un poco mal por cómo se fastidió mi cumpleaños, porque esta mañana ha dicho que podíamos ir al centro comercial para comprar un "regalo de consolación".

Mamá llevó también a Rodrick y a Manny y dijo que ellos también podían escoger un regalo cada uno, lo cual me parece totalmente injusto porque ayer no fue SU cumpleaños.

Paseamos durante un rato por el centro comercial y
fuimos a parar a una tienda de mascotas. Yo esperaba
que pudiéramos comprar un perro entre todos, pero
Rodrick parecía interesado en otro tipo de mascota.

Mamá nos dio un billete de cinco dólares a cada uno y
nos dijo que compráramos lo que más nos apeteciera.
Claro que con cinco dólares no vas demasiado lejos en
una tienda de mascotas. Al final me decidí por un pez
ángel de varios colores.

Rodrick también eligió un pez, no sé de qué especie, pero escogió precisamente ése porque la etiqueta del tanque decía que era un pez "agresivo".

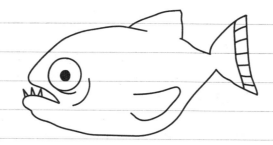

Manny se gastó SUS cinco dólares en comida para peces. Al principio pensé que quería alimentar a los peces que Rodrick y yo habíamos comprado, pero cuando regresamos a casa Manny se había comido la mitad del bote.

Lunes
Es la primera vez que tengo una mascota de mi propiedad y tengo que aprender a cuidar de ella. Doy de comer a mi pez tres veces al día y mantengo muy limpia su pecera.

Incluso he comprado un diario para tomar nota de todo lo que mi pez haga a lo largo del día. Sin embargo, tengo que admitir que estoy empezando a tener problemas para llenar las páginas.

Pregunté a papá y mamá si podíamos comprar uno de esos acuarios y tener un montón de peces haciendo compañía a mi pequeña mascota. Pero papá dijo que esos acuarios cuestan dinero y que tal vez podamos pedir uno por Navidad.

Esto es lo malo de ser sólo un niño. Únicamente tienes dos ocasiones al año de conseguir las cosas que quieres, Navidad o tu cumpleaños. Y cuando AL FIN llega uno de esos días, tus padres tienen que fastidiarlo todo y comprarte un móvil que no sirve para nada.

Si tuviera mi propio dinero, podría comprar todo lo que quisiera y no tendría que humillarme cada vez que quiero alquilar un videojuego o comprar dulces o cosas así.

De todos modos, aunque siempre he sabido que llegaré a ser rico y famoso, me estoy empezando a preocupar porque todavía no ha sucedido. Había imaginado que por ahora al menos podría contar con mi propio reality show de televisión.

Anoche estuve viendo uno de esos programas de televisión en los que una niñera se queda a vivir con una familia durante una semana y luego les dice a todos cuáles son sus errores.

Bueno, yo no sé si esa mujer tuvo que ir a alguna academia especial para niñeras o algo así, pero ése es el tipo de empleo para el que yo HE NACIDO.

Sólo necesito saber dónde hay que apuntarse para ese empleo, cuando la niñera se jubile.

Hace años, empecé a coleccionar mis recuerdos personales, como diarios, juguetes viejos y cosas así, porque cuando se inaugure mi museo quiero que contenga las cosas más interesantes de mi vida.

Pero no conservo cosas como los palos de las piruletas, que tienen restos de mi saliva porque, en serio, NO tengo interés en que me clonen.

Cuando sea famoso, tendré que introducir algunos cambios en mi vida.

Probablemente tendré que volar en mi jet privado, porque si voy en vuelos regulares me molestará que la gente que viaja en la parte trasera del avión intente colarse en el cuarto de baño de primera clase.

Otra cosa que la gente famosa tiene que aguantar es que sus hermanos pequeños también acaban haciéndose famosos a su costa.

Mi momento más cercano a la fama fue cuando mamá me apuntó para un trabajo como modelo, hace unos años. Creo que su idea era conseguir fotos mías con ropa de catálogo, o algo por el estilo.

Pero únicamente utilizaron mi foto para un estúpido libro de salud, cosa que desde entonces estoy tratando de superar.

Martes

He pasado la tarde jugando con los videojuegos y leyendo los cómics del periódico del domingo.

Pasé la última página y en el lugar habitual de "Li'l Cutie" aparecía un anuncio:

¿Quieres aparecer en las páginas divertidas?

Se busca un humorista con talento para que escriba y dibuje una historieta que sustituya a "Li'l Cutie". ¿Eres capaz de hacernos reír?

No se admitirán historietas con animales o mascotas.

Chicos, he estado TODA MI VIDA esperando una oportunidad como ésta. Una vez publiqué un cómic en el periódico del colegio, pero ésta es la GRAN ocasión de saltar a la fama.

El anuncio dice que no se admiten tiras cómicas con animales, y me parece que sé por qué. La historieta de ese perro llamado "Precious Poochie" se ha publicado durante cincuenta años.

Su autor murió hace mucho tiempo, pero todavía se reciclan sus viejos cómics.

No sé si son graciosos o no porque, para ser sincero, la mayor parte de ellos no tienen sentido para una persona de mi edad.

En cualquier caso, el periódico ha tratado de suspender esa historieta un montón de veces pero, cada vez que lo intentan, los fanáticos de "Precious Poochie" salen de las catacumbas y montan un buen alboroto. Tengo la sensación de que la gente considera este cómic como si fuera su propia mascota o algo así.

La última vez que quisieron suspender la publicación de "Precious Poochie", cuatro autobuses llenos de personas mayores procedentes de Leisure Towers llegaron para protestar frente a las oficinas del periódico y no se marcharon hasta que se salieron con la suya.

Sábado

Esta mañana mamá estaba especialmente animada y se diría que se traía algo entre manos.

A eso de las 10:00 dijo que todos nos montáramos en la furgoneta y, cuando le pregunté a dónde íbamos, dijo que era una "sorpresa".

Observé que mamá había puesto la crema para el sol, los trajes de baño y otras cosas en la parte de atrás de la furgoneta y supuse que íbamos a la playa.

Pero cuando le pregunté si había acertado, mamá dijo que el sitio al que íbamos era MEJOR que la playa.

Dondequiera que nos estuviéramos dirigiendo, el viaje era superlargo. Y no era nada divertido estar ahí sentado con Rodrick y Manny.

Manny iba en la joroba central del asiento, entre Rodrick y yo. En un momento dado, Rodrick decidió explicarle a Manny que ése era precisamente el peor sitio del coche, porque era el espacio más reducido e incómodo.

Y claro, eso desquició a Manny por completo.

Entonces mamá y papá se cansaron de la rabieta de Manny. Mamá dijo que ahora me tocaba a mí ir sentado sobre la joroba, porque era el segundo más joven y "era lo justo". Y cada vez que papá pasaba por encima de un bache, yo me daba con la cabeza contra el techo del coche.

A eso de las 2:00 empecé a sentirme realmente hambriento y pregunté si podíamos parar en algún sitio de comida rápida. Pero a papá no le convenció, porque dijo que la gente que atiende en los restaurantes de comida rápida son unos "tontos".

Bueno, ya sé por qué piensa eso. Siempre que papá nos lleva a comer pollo frito cerca de casa, hace el pedido hablándole al cubo de la basura.

Vi un letrero anunciando una pizzería y rogué a mamá y papá que nos llevaran a comer allí. Pero parece que mamá estaba en plan ahorrativo, porque había venido preparada.

Media hora más tarde llegábamos a un gran aparcamiento y supe dónde nos encontrábamos exactamente.

Estábamos en el Parque Acuático Slipslide, a donde solíamos ir cuando éramos niños. Quiero decir niños PEQUEÑOS. Se trata de un sitio más apropiado para chicos de la edad de Manny.

Mamá debió haber oído cómo nos quejábamos Rodrick y yo en el asiento trasero. Dijo que íbamos a pasar un gran día en familia y que sería uno de los mejores recuerdos de nuestras vacaciones de verano.

Tengo malos recuerdos del Parque Acuático Slipslide. En una ocasión el abuelo me llevó allí y me dejó en el área de los toboganes prácticamente todo el día. Dijo que se iba a leer su novela y que nos veríamos allí en tres horas. Pero no entré a los toboganes, por el cartel que había en la entrada.

MENOS DE 48"
DEBEN IR
ACOMPAÑADOS
POR UN ADULTO

Pensé que había que tener 48 años para pasar, pero resulta que las dos rayitas detrás del número significan "pulgadas".

Así que me pasé casi todo el día esperando a que el
abuelo volviera a buscarme, y para entonces ya era hora
de marcharnos.

Rodrick también tiene malos recuerdos del Parque
Acuático Slipslide. El año pasado contrataron a su
grupo para un concierto en el escenario que tienen
junto a la piscina de olas. Los del grupo de Rodrick
pidieron a la gente del parque acuático que les pusieran una máquina generadora de niebla artificial para
tener algunos efectos especiales durante su actuación.

Pero alguien metió la pata y en su lugar les pusieron
una máquina de pompas de jabón.

Ya sé por qué mamá nos ha traído hoy al parque acuático: la entrada para familias era a mitad de precio. Por desgracia, parecía que habían venido todas las familias del estado.

Cuando entramos en el recinto, mamá alquiló un cochecito para Manny. Conseguí convencerla para que gastara un poco más de dinero en un cochecito de dos plazas, porque sabía que iba a ser un día largo y quería economizar energías.

Mamá dejó el cochecito cerca de la piscina de olas, que estaba tan llena de gente que apenas se podía ver el agua. Después de ponernos la crema para el sol y encontrar un sitio donde sentarnos, comenzaron a caer algunas gotas de lluvia y se oyó un trueno. Entonces dieron un aviso por megafonía:

DEBIDO A LA TORMENTA, SE CIERRA EL PARQUE. MUCHAS GRACIAS POR VISITARNOS Y QUE PASEN UN BUEN DÍA.

Todo el mundo se dirigió a las salidas y subió a sus coches. Pero al intentar marcharse todo el mundo al mismo tiempo se organizó un atasco tremendo.

Manny intentó amenizarnos la espera con sus gracias. Al principio, mamá y papá lo animaban y todo.

Pero al cabo de un rato, los chistes de Manny dejaron de tener gracia.

Nos quedaba poca gasolina y tuvimos que apagar el climatizador y esperar a que el estacionamiento se despejara.

Mamá dijo que le dolía la cabeza y se pasó a la parte de atrás para ir tumbada. Finalmente, una hora después se disolvió el atasco y llegamos a la autopista.

Paramos a poner gasolina y unos tres cuartos de hora después llegamos a casa. Papá me dijo que despertara a mamá, pero cuando miré detrás mamá no estaba allí.

Al principio, no teníamos idea de qué podía haber ocurrido. Luego caímos en la cuenta de que mamá sólo podía estar en la gasolinera. Seguramente se había bajado para ir al cuarto de baño mientras estábamos detenidos, y no nos habíamos dado cuenta.

Y claro, allí estaba. Nos alegramos de encontrarla, pero no creo que ella estuviera muy contenta con nosotros.

Mamá no dijo nada durante el viaje de vuelta. Algo me dice que ha tenido suficiente dosis de convivencia familiar para rato, y eso es bueno, porque a mí me ocurre lo mismo.

Domingo

Ojalá no hubiéramos ido ayer al parque acuático, porque si nos hubiéramos quedado en casa mi pececito todavía estaría vivo.

Antes de marcharnos le di de comer, y mamá me dijo que también le diera de comer al pez de Rodrick. El pez de Rodrick estaba en una pecera en lo alto del frigorífico, y estoy seguro de que mi hermano no le había dado de comer ni había limpiado la pecera ni una sola vez.

Creo que el pez de Rodrick estaba sobreviviendo gracias a las algas que crecían en la pecera.

Cuando vio tan sucia la pecera de Rodrick, mamá puso cara de asco y colocó el pez en mi pecera.

Volvimos a casa del parque acuático y fui directamente a la cocina para dar de comer a mi pez. Pero no estaba, y lo que le había sucedido no era un misterio.

Ni siquiera me dio tiempo a ponerme triste, porque hoy era el Día del Padre y tuvimos que montarnos en el coche para ir a casa del abuelo a comer.

De una cosa sí que estoy seguro: si alguna vez llego a ser padre, NO pienso vestirme en plan elegante con camisa y corbata para ir a Leisure Towers el Día del Padre. Pienso celebrarlo por mi cuenta y pasármelo BIEN. Pero mamá pensaba que era bueno que las tres generaciones de Heffleys pasaran el día juntas.

Papá me debió ver algo mustio, porque me preguntó qué me pasaba. Le dije que estaba molesto por la muerte de mi pez. Papá dijo que no sabía qué decirme, porque a él nunca se le había muerto una mascota.

Dijo que cuando era pequeño tuvo un perro llamado
Nutty, pero se escapó a una granja de mariposas.

Había oído a papá contar la misma historia sobre Nutty
y la granja de mariposas como un millón de veces, pero no
quise ser grosero interrumpiéndole.

Entonces habló el abuelo y dijo que tenía que hacer una
"confesión". Dijo que Nutty no se había escapado a una
granja de mariposas. Dijo que la verdad era que había
atropellado al perro accidentalmente, cuando iba con-
duciendo el coche marcha atrás por el camino de entrada.

El abuelo dijo que se había inventado la historia de la granja de mariposas para no tener que contarle la verdad a papá, pero que ahora que había pasado tanto tiempo ya podían reírse del asunto.

Pero papá se puso FURIOSO. Nos dijo que subiéramos al coche y dejó allí plantado al abuelo con la cuenta de la comida. Papá no dijo nada durante todo el camino de vuelta. Nos dejó en casa y se fue de nuevo.

Papá estuvo fuera bastante rato y yo empezaba a preguntarme si no habría decidido tomarse el resto del día para él sólo. Pero regresó una hora más tarde, con una gran caja de cartón.

Papá depositó la caja en el suelo y, lo crean o no, adentro había un PERRO.

Mamá no pareció demasiado molesta por el hecho de que papá fuera a comprar un perro sin consultarlo con ella primero. No creo que papá se haya comprado jamás ni unos calzoncillos sin tener antes el visto bueno de mamá.

Pero viendo lo contento que se veía papá, no dijo nada.

Durante la cena, mamá dijo que teníamos que pensar en un nombre para el perro.

Yo quise ponerle un nombre como Tortazo o Garra, pero mamá dijo que mis ideas eran demasiado "violentas".

Sin embargo, las ocurrencias de Manny eran todavía peores. Quería llamar al perro con el nombre de otro animal, como "Cebra" o "Elefante".

A Rodrick también le gustó la idea de poner el nombre de un animal, y dijo que el perro se podría llamar "Tortuga".

Mamá dijo que llamáramos al perro Rayito. Pensé que era una idea estúpida, porque se trataba de un PERRO, no de una muñeca.

Pero antes de que ninguno de nosotros tuviera tiempo de poner pegas, papá estuvo de acuerdo con la idea de mamá.

Me parece que papá estaba dispuesto a apuntarse a cualquier cosa que se le ocurriera a mamá, con tal de no tener que devolver el perro. Pero algo me dice que a tío Joe no le va a gustar el nombre de nuestro perro.

Papá le dijo a Rodrick que fuera al centro comercial a comprar un cuenco para la comida e hiciera grabar el nombre del perro. Y esto es lo que trajo Rodrick:

Claro que esto es lo que ocurre cuando mandas al que tiene más faltas de ortografía de toda la familia a hacer las compras.

Miércoles

Al principio, cuando nos trajeron el perro, me puse muy contento, pero ahora estoy empezando a cambiar de opinión.

Y es que me está volviendo loco. Hace algunas noches pusieron un anuncio en la tele en el que aparecían topos asomando y escondiéndose en sus hoyos. A Rayo le alucinó, y entonces papá se puso a decirle:

¿DÓNDE ESTÁN LOS TOPOS, RAYO? ¿EH? ¿DÓNDE ESTÁN?

Esto pareció irritar a Rayo, que se puso a ladrar a la tele.

Ahora Rayo ladra a la televisión CONSTANTE-
MENTE, y tan sólo deja de hacerlo cuando vuelven a
poner el anuncio de los topos.

Pero lo que realmente me fastidia del perro es que le
gusta dormir en mi cama, y tengo miedo de que me
muerda en la mano si intento apartarlo.

Y no es que le guste dormir en mi cama. Es que se
pone justo en el medio.

Papá viene a mi habitación todas las mañanas a las 7:00 para sacar a Rayo. Pero parece que el perro y yo tenemos algo en común, porque a él tampoco le gusta levantarse de la cama por la mañana. Entonces papá enciende y apaga la luz varias veces, para hacer que el perro se despierte.

Ayer papá no pudo conseguir que Rayo se levantara y probó algo nuevo. Se fue a la entrada de la casa y tocó el timbre de la puerta. Esto hizo que Rayo saliera disparado de la cama como un cohete. Pero lo peor es que uso mi cara para tomar impulso.

Esta mañana seguramente había llovido, porque cuando Rayo volvió estaba tiritando y empapado. Entonces intentó meterse por debajo de las sábanas buscando mi calor. Por suerte, gracias a la mano fangosa, he cogido práctica en este tipo de situaciones.

Jueves

Esta mañana papá no logró que el perro se levantara de la cama, de NINGUNA manera. Así que se fue a trabajar, y una hora más tarde Rayo me despertó para que lo sacara a pasear. Yo me envolví en la colcha, saqué al perro a la puerta de casa y estuve esperando a que hiciera sus cosas. Pero entonces Rayo decidió salir corriendo y tuve que ir tras él persiguiéndole.

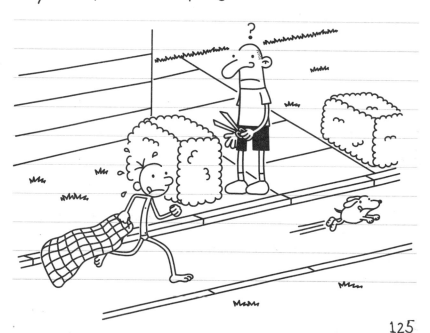

Lo cierto es que estaba pasando un verano bastante decente hasta que llegó Rayo. Está estropeando las dos actividades más importantes para mí: ver la tele y dormir.

Papá siempre me está regañando porque me paso el día tumbado. Bueno, Rayo me supera el doble, pero papá está LOCO por ese perro.

Sin embargo, me parece que el sentimiento no es mutuo. Papá siempre trata que el perro le dé un beso en la nariz, pero Rayo se niega en redondo.

Y puedo entender perfectamente por qué el perro no le tiene simpatía a papá.

La única persona que realmente le gusta a Rayo es mamá, y eso que ella apenas le hace caso. Y eso a papá empieza a volverle loco.

Creo que Rayo es un perro que le gustan las mujeres. Es decir, otra cosa que tenemos en común.

JULIO

<u>Sábado</u>

Anoche estuve trabajando en una nueva historieta para sustituir la de "Lil Cutie". Supuse que habría una gran competencia para ocupar la vacante, así que me propuse inventarme algo que destacara. Hice una tira cómica con el título "¡Oigan ustedes!", que es una especie de mezcla entre un chiste y un consejo. Me imagino que puedo usarla para hacer del mundo un lugar mejor, o al menos un lugar mejor para MÍ.

EH... ESTO... VAMOS A VER... MMM...

AL PEDIR LA COMIDA, INTENTE PENSAR QUÉ ES LO QUE QUIERE ANTES DE QUE LE TOQUE EL TURNO.

Como papá suele leer las historietas, creo que debería escribir algunas dirigidas a él de manera específica.

Podría haber hecho un montón de historietas anoche, pero Rayo me estaba volviendo loco y no podía concentrarme.

Mientras dibujaba, el perro estaba tumbado encima de mi almohada, lamiéndose las patas y el rabo con mucha aplicación.

PSSSSSHHH
PSSSSSHHH

Siempre que Rayo hace eso tengo que acordarme de darle la vuelta a la almohada cuando me voy a la cama. Anoche me olvidé y al acostarme puse la cabeza sobre la parte húmeda.

Hablando de lamer, anoche Rayo al fin le dio un beso a papá. Probablemente fue porque papá olía a papas fritas y me consta que los perros tienen reacciones automáticas para esa clase de cosas.

No tuve corazón para decirle a papá que Rayo se
había pasado la última media hora sobre mi almohada
lamiéndose el trasero.

De todas maneras, esta noche espero escribir algunos
cómics más, porque mañana me va a ser imposible hacer
nada. Mañana es la fiesta del 4 de julio y mamá ha
previsto que toda la familia vayamos a la piscina.

He intentado escabullirme, sobre todo porque quiero que
mi verano transcurra sin tener que pasar por delante
de los tipos de las duchas. Pero me temo que mamá
todavía piensa en tener un perfecto día en familia
este verano, así que de nada sirve resistirse.

Lunes

La fiesta del 4 de julio comenzó de una manera bastante desagradable. Cuando llegué a la piscina, intenté cruzar por los vestuarios tan rápido como pude. Pero los tipos de las duchas estaban parlanchines y no me lo pusieron demasiado fácil.

Luego mamá dijo que se había dejado las gafas de sol en el coche, y tuve que VOLVER a pasar por la zona de las duchas de camino al estacionamiento. De regreso me puse las gafas de sol de mamá, para dejar claro que no tenía ganas de conversación, pero aquello tampoco me sirvió de nada.

En serio, preferiría que estos señores se ducharan en su casa antes de venir a la piscina. Una vez que los has visto tal como son, ya no los puedes volver a mirar nunca de la misma manera.

Superado el vestuario, las cosas tampoco mejoraron mucho. Todo era tal y como yo lo recordaba, excepto que había mucha más gente. Creo que todo el mundo había tenido la misma idea de pasar la fiesta del 4 de julio en la piscina.

El único momento en que se despejó la piscina fue cuando el salvavidas tocó el silbato para que nos tomáramos un descanso de quince minutos y todos los chicos tuvimos que salir del agua.

Según tengo entendido, los períodos de descanso son para que los adultos puedan disfrutar un rato de la piscina, pero no sé cómo se supone que van a estar relajados con trescientos críos a su alrededor, esperando para tirarse al agua en cuanto termine el cuarto de hora.

Cuando era más pequeño me iba a nadar a la piscina
de niños durante los períodos de descanso de quince
minutos, pero eso fue antes de darme cuenta de lo
que allí sucedía.

¡MAMI!
¡ME ESTOY
HACIENDO PIS!

La única parte de la piscina que no estaba repleta de
gente era la zona más profunda, que es donde están
los trampolines. No he estado en la parte honda desde
que tenía ocho años, cuando Rodrick me dijo que
saltara desde el trampolín alto.

Rodrick siempre estaba intentando que yo saltara
desde el trampolín, pero aquella escalera tan alta me
daba pánico. Él me decía que tenía que superar mis
miedos para hacerme un hombre.

10 Pies

Entonces un día Rodrick me dijo que arriba había
un payaso repartiendo juguetes y eso me llamó la
curiosidad.

Cuando me di cuenta de que Rodrick me había tomado
el pelo, fue demasiado tarde.

De todas maneras, mamá nos llevó a todos a la zona
de picnic porque estaban repartiendo sandía gratis.

Pero resulta que también me dan cosa las sandías.
Rodrick siempre está diciéndome que si te tragas las
pepitas te puede crecer una sandía en el estómago.

No sé si es verdad o no, pero sólo faltan un par de meses para volver al colegio y prefiero no arriesgarme.

Cuando empezó a oscurecer, todo el mundo extendió los manteles sobre el césped para ver los fuegos artificiales. Nosotros nos sentamos mirando al cielo durante un buen rato, sin que ocurriera nada.

Entonces, por los altavoces, una voz avisó de que el espectáculo se había cancelado, porque alguien había dejado los fuegos artificiales bajo la lluvia y todavía estaban mojados. Algunos niños pequeños empezaron a llorar, mientras que un par de adultos intentaron improvisar sus propios fuegos artificiales con unas bengalitas.

Por suerte, en ese momento comenzó el espectáculo de fuegos artificiales del club deportivo contiguo al nuestro. Resultaba un poco difícil de contemplar por encima de los árboles, pero no creo que realmente le importaba a nadie.

<u>Martes</u>

Esta mañana estaba sentado a la mesa de la cocina, hojeando las historietas, cuando de pronto vi algo que casi hizo que se me atragantaran los cereales.

Era un anuncio bien visible, a doble página, de la vuelta al colegio.

Me cuesta creer que sea LEGAL poner anuncios de "vuelta al cole" cuando todavía faltan dos meses para que se terminen las vacaciones. Está claro que a quien hace este tipo de cosas no le gustan los chicos.

Seguro que ahora empiezan a salir por todas partes campañas con anuncios de "vuelta al cole", y está claro que lo siguiente será que mamá diga que ha llegado el momento de ir a comprar ropa. Y con mamá eso significa todo el día.

Así que le pregunté a mamá si podía ir de compras con papá y me dijo que sí. Creo que lo consideró una buena ocasión para estrechar los lazos padre-hijo.

Pero yo le dije a papá que fuera sin mí y eligiera lo que él quisiera.

Fue una decisión tonta, porque papá hizo todas las
compras en la farmacia.

Pero ya antes de ver el anuncio, el día había empezado bastante mal. Llovía esta mañana y Rayo intentó
meterse bajo las sábanas conmigo, después de que papá
lo sacara afuera.

Me parece que debí bajar la guardia, porque el perro
encontró un hueco entre la sábana y la cama y se las
arregló para meterse por allí.

Doy fe de que no hay nada más terrible que estar
metido en la cama sin nada puesto excepto la ropa
interior y que un perro mojado se acerque a tu lado.

Me debatía entre el perro y el anuncio de "vuelta al cole", cuando el panorama del día cambió por completo. Mamá había revelado varias fotografías de la fiesta del 4 de julio y las había dejado sobre la mesa de la cocina.

En el fondo de una de las fotos se podía ver a una salvavidas. No era fácil distinguirla, pero estoy seguro de que se trataba de Heather Hills.

Ayer había tanta gente en la piscina que ni me fijé en los salvavidas. Si realmente aquella ERA Heather Hills, no me puedo creer que no me diera cuenta.

Heather Hills es la hermana de Holly Hills, la chica más guapa de mi clase. Pero Heather va al instituto y eso ya son palabras mayores.

El asunto de Heather Hills está cambiando por completo mis perspectivas respecto a la piscina municipal. De hecho, empiezo a replantearme totalmente el VERANO. El perro le ha quitado todo el atractivo a estar en casa y me doy cuenta de que, si no hago algo rápido, no voy a tener ningún buen recuerdo que contar de estas vacaciones.

Así que desde mañana mismo pienso cambiar de actitud. Con un poco de suerte, cuando me toque volver al colegio tendré una novia en el instituto.

Miércoles

Mamá se puso contenta esta mañana porque me apeteció ir a la piscina con ella y Manny, y dijo que estaba orgullosa de que por fin fuera capaz de poner a mi familia por delante de los videojuegos. No le mencioné lo de Heather Hills, porque no necesito que se meta en mi vida amorosa.

Cuando llegamos, quise ir directamente al área de la piscina, para ver si Heather estaba trabajando. Pero me di cuenta de que, por si acaso estaba, era preferible ir preparado.

Así que hice una parada en los baños y me unté todo con aceite bronceador. Luego hice una serie de flexiones para destacar mi tono muscular.

Creo que estuve unos quince minutos. Me estaba contemplando en el espejo cuando oí que alguien carraspeaba dentro de una de las cabinas, aclarándose la garganta.

¡EJEM!

Aquello resultaba muy incómodo, ya que significaba que quien estuviera dentro podía haberme visto reflejado en el espejo todo el tiempo. Y si esta persona era como YO, no podría salir del cuarto de baño hasta que tuviera privacidad total.

Supuse que la persona que estaba en la cabina no había podido ver mi cara, así que al menos no sabía quién era yo. Estaba a punto de salir del cuarto de baño cuando oí a mamá justo en la puerta de los vestuarios.

Mamá quería saber qué era lo que me había retrasado tanto y por qué parecía estar tan "reluciente", pero yo ya miraba a través de ella, buscando en los puestos de los salvavidas, para ver si estaba Heather.

Y sí que estaba. Me acerqué directamente a ella y me planté bajo su silla.

De vez en cuando soltaba algún comentario ingenioso y creo que la estaba impresionando.

SEÑORA ARCIAGA, ¿REALMENTE PIENSA QUE ES BUENA IDEA LLEVAR BIKINI CUANDO ESTÁ EMBARAZADA DE OCHO MESES?

Le llenaba a Heather el vaso de agua si me parecía que lo necesitaba, y cada vez que algún chico hacía algo incorrecto le llamaba la atención para que Heather no tuviera que hacerlo.

Cuando terminaba el turno de Heather, la seguía hasta su siguiente puesto. Cada cuarto cambio, acababa justo delante de donde mamá estaba sentada. Y la verdad es que no es fácil mantenerse relajado cuando tu madre está tumbada a cinco pies de distancia.

Solamente espero que Heather sepa que yo haría
CUALQUIER COSA por ella. Si quiere que alguien le
ponga crema bronceadora o la envuelva en la toalla al
salir del agua, soy el hombre adecuado para hacerlo.

Prácticamente estuve todo el tiempo con Heather hasta
que llegó la hora de marcharse. De camino a casa,
pensaba que si el resto de las vacaciones son como hoy,
entonces sí que VA A SER el mejor verano de mi
vida, como mamá había predicho. De hecho, lo único
que ahora podría estropear las cosas es esa estúpida
mano embarrada. Seguro que aparece justo en el
momento oportuno para echarlo todo a perder.

Miércoles

La semana pasada, prácticamente cada día estuve con Heather.

Me di cuenta de que mis amigos del colegio nunca me iban a creer cuando les contara lo mío con Heather, así que le pedí a mamá que tomara una foto junto a la silla del salvavidas.

Mamá no llevaba su cámara, así que tuvo que usar el teléfono móvil. Pero no tenía ni idea de cómo sacar una foto con él, y yo mientras tanto ahí de pie todo el tiempo como un tonto.

Finalmente logré que mamá le diera a la tecla correcta para sacar una foto, pero cuando lo hizo el objetivo apuntaba hacia el lado que no era y se hizo una foto a sí misma. Por eso siempre digo que esa tecnología es un desperdicio en manos de los adultos.

Conseguí que mamá me enfocara con la cámara, pero justo en ese momento sonó el teléfono y mamá contestó la llamada.

¿HOLA? ¿BÁRBARA? ¿DE VERDAD ERES TÚ?

Mamá estuvo hablando durante unos cinco minutos, y para cuando terminó, Heather ya se había ido a su siguiente puesto. Pero de todos modos mamá sacó la fotografía.

Viernes

Depender en mamá para que me lleve a la piscina empieza a ser un problema. No quiere ir a la piscina todos los días y, cuando lo hace, SÓLO está allí unas horas.

Yo quiero estar en la piscina desde que abre hasta la hora de cerrar, de manera que pueda pasar el máximo de tiempo con Heather. No iba a pedirle a Rodrick que me llevara a la piscina en su furgoneta, porque siempre me hace sentarme en la parte de atrás, y no tiene asientos.

Me di cuenta de que necesitaba mi PROPIO medio de transporte, y por suerte ayer encontré una solución.

Uno de nuestros vecinos dejó una bici abandonada en la basura y me hice con ella antes de que nadie se me adelantara.

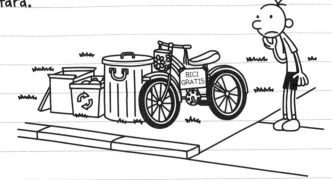

Me llevé la bici a casa y la guardé en el garaje. Cuando papá la vio, dijo que era una "bici de chica" y que la tirase a la basura.

Pero existen dos razones por las que una bici de chica es mejor que una de chico. La primera, que las bicis de chica tienen asientos grandes y acolchados, y eso es importante cuando montas en traje de baño.

ASIENTO DE CHICA

ASIENTO DE CHICO

La segunda, que las bicis de chicas tienen unas cestas en el manillar que son muy útiles para llevar videojuegos y la crema para el sol. Además, mi bici tiene un timbre que me resulta la mar de ÚTIL.

Lunes

Tenía que haber sabido que una bici abandonada en la basura no podía durar mucho tiempo.

Ayer, en el camino de vuelta a casa desde la piscina, la bici empezó a desmontarse y luego me quedé sin rueda delantera. Así que hoy he tenido que pedirle a mamá que me lleve a la piscina.

Cuando llegamos allí, mamá dijo que Manny tenía que ir conmigo al vestuario. Dijo que se está haciendo demasiado mayor para ir al vestuario de mujeres con ella, así que me parece que deben tener la misma situación en las duchas que en el vestuario de hombres.

Podía haber tardado cinco segundos en llevar a Manny de un extremo a otro del vestuario, pero tardamos diez minutos.

Manny va con mamá a todas partes, así que NUNCA antes había estado en unas duchas de hombres. Sentía curiosidad y quería mirarlo todo. En un momento dado, tuve que impedirle que se lavara las manos en el urinario, porque pensaba que era un lavabo.

No quería que Manny tuviera que sufrir el mismo espectáculo que yo había visto al cruzar la zona de las
duchas, de modo que fui a coger una toalla de mi bolsa
para taparle los ojos mientras pasábamos por delante
de los hombres que estaban duchándose. Pero, en los
dos segundos que tardé en conseguir la toalla, Manny
se había marchado. Y no se creerán dónde estaba.

No tenía más remedio que rescatar a Manny, así
que cerré los ojos con todas mis fuerzas y me lancé
a la carga.

Me preocupaba especialmente no tocar a los tipos que se estaban duchando, y durante un momento creí que había tropezado con uno de ellos.

Tuve que abrir los ojos para localizar a Manny y, cuando lo hice, lo agarré y me lo llevé fuera de allí tan rápido como pude.

Cuando salimos por el lado de la piscina, Manny estaba perfectamente, pero yo no sé si conseguiré recuperarme por completo de aquella experiencia.

158

Alucinando todavía, conseguí llegar a mi sitio debajo de la silla de Heather. Una vez allí, hice una serie de inspiraciones profundas para acabar de tranquilizarme.

Cinco minutos después, un niño que había comido demasiado helado vomitó detrás de la silla de Heather. Ella miró hacia atrás y luego hacia abajo, como si esperara que yo hiciera algo. Se suponía que yo debía limpiar esa porquería, pero aquello superaba mi devoción por ella.

De todas maneras, últimamente lo he estado pensando mucho y me he dado cuenta de que necesito dejar que este romance de verano se enfríe un poco.

Además, Heather irá a la universidad el año que viene, y las relaciones a distancia nunca funcionan.

AGOSTO

Martes
Esta mañana nos hemos encontrado con los Jefferson en el supermercado. Rowley y yo llevamos como un mes sin hablarnos, así que fue un poco incómodo.

La señora Jefferson dijo que estaban comprando comida para su viaje a la playa de la semana próxima. De alguna manera, eso me molestó, porque se suponía que era mi familia la que iba a ir este verano a la playa. Pero entonces la señora Jefferson dijo algo que me dejó totalmente alucinado.

¿Y A GREG NO LE GUSTARÍA VENIR CON NOSOTROS?

El señor Jefferson no parecía demasiado entusiasmado con aquella idea pero, antes de que pudiera decir nada, mamá intervino.

¡CLARO QUE SÍ! ¡LE ENCANTARÍA!

Había algo en todo aquello que no me parecía sincero. Me pregunto si no fue un montaje de mamá y la señora Jefferson, que se habían puesto de acuerdo para que Rowley y yo hiciéramos las paces.

Créanme si les digo que Rowley es la ÚLTIMA persona con la que quisiera pasar una semana. Pero después me di cuenta de que si iba a la playa con los Jefferson, quizá podría montar en el Cranium Shaker. Después de todo, no iba a ser un verano tan desastroso.

Lunes

Supe que había cometido un error apuntándome a ese viaje a la playa en cuanto vi dónde íbamos a quedarnos.

Mi familia siempre alquila un piso en un bloque de apartamentos junto al paseo marítimo, pero el lugar donde iban a estar los Jefferson era una cabaña de troncos, a unas cinco millas del mar. Entramos en la cabaña y no había televisor, ordenador, ni NADA que tuviera pantalla.

Yo pregunté qué podíamos hacer para entretenernos y la señora Jefferson dijo:

Pensé que ése sí que era un buen chiste, y le iba a decir a Rowley que tiene una madre muy divertida. Pero ella volvió en un periquete con un montón de material de lectura.

Aquello CONFIRMABA que mamá había estado en el plan desde el principio.

Los tres miembros de la familia Jefferson leían los libros hasta la hora de comer. La comida estaba bien, pero los postres eran terribles. La señora Jefferson es una de esas mamás a las que les gusta poner cosas saludables en todas las comidas, y hacía pastelitos rellenos de espinacas.

No creo que esté bien eso de picar verduras y meterlas en los postres de los chicos, porque entonces nunca lle-gan a conocer el auténtico sabor de las cosas.

La primera vez que Rowley comió un pastelito normal en mi casa, no fue un espectáculo demasiado agradable.

Después de cenar, la señora Jefferson nos llamó para que fuéramos todos a jugar al salón. Yo pensaba que se trataría de jugar a cosas normales, como a las cartas, pero los Jefferson tienen su propio concepto de la diversión.

Los Jefferson jugaban a una cosa llamada "Te quiero porque...", y cuando llegó mi turno, pasé.

Luego jugamos a las imitaciones y, cuando le tocó el turno a Rowley, actuó como un perro.

A eso de las 9:00, el señor Jefferson nos dijo que era hora de irse a la cama. Entonces descubrí que lo de dormir en la cabaña de los Jefferson era mucho peor que su forma de divertirse.

Sólo teníamos una cama, así que le propuse un trato a Rowley: echar una moneda al aire, de modo que uno de nosotros dormiría en la cama y el otro en el suelo.

Pero Rowley echó una mirada a la alfombra y decidió que prefería no arriesgarse. Yo decidí por mi parte que tampoco tenía ganas de dormir sobre la alfombra. Así que me metí en la cama con Rowley y procuré mantenerme tan separado de él como me fuera posible.

Rowley empezó a roncar casi inmediatamente, pero a mí me costaba conciliar el sueño con medio cuerpo fuera de la cama. Cuando por fin empezaba a quedarme dormido, Rowley gritó como si le estuvieran atacando.

Durante un momento pensé que la mano embarrada al fin nos había encontrado.

Los padres de Rowley llegaron corriendo para ver qué pasaba.

Rowley dijo que había tenido una pesadilla y que creía que una gallina se escondía bajo la cama.

Entonces los padres de Rowley se pasaron los siguientes veinte minutos tratando de tranquilizarle diciéndole que sólo había sido un sueño, y que en realidad no había una gallina.

Nadie se molestó en comprobar si yo me encontraba bien después de caerme de la cama de cabeza.

Rowley pasó el resto de la noche durmiendo en la habitación de sus padres, cosa que a mí me vino muy bien. Sin Rowley y sin sus sueños de gallinas, al fin pude dormir a gusto.

Miércoles

Llevo encerrado en esta cabaña tres días, y creo que empiezo a volverme loco.

He intentado que el señor y la señora Jefferson nos lleven al paseo marítimo, pero dicen que aquello es demasiado "ruidoso".

Nunca he pasado tanto tiempo sin televisión, ordenadores, ni videojuegos y estoy empezando a estar desesperado. Cuando el señor Jefferson trabaja por la noche con su portátil, bajo las escaleras y lo miro a hurtadillas, sólo para ver qué pasa en el mundo.

He intentado un par de veces que el señor Jefferson me dejase usar su computadora, pero dice que es "sólo para el trabajo" y no quiere que le estropee nada. Anoche ya no pude más y decidí intentar algo arriesgado.

Cuando el señor Jefferson se levantó para ir al cuarto de baño, aproveché la oportunidad.

Le envié un correo a mamá lo más rápido posible, y luego corrí escaleras arriba y me metí en la cama.

PARA: Heffley. Susan
ASUNTO: SOS

AYUDA. SOCORRO. SÁCAME DE AQUÍ.
ESTA GENTE ME ESTÁ VOLVIENDO LOCO.

Cuando esta mañana bajé a desayunar, el señor Jefferson no parecía muy contento de verme.

Resulta que envié el mensaje desde la cuenta de correo electrónico del señor Jefferson, y mamá respondió al mensaje.

PARA: Jefferson, Robert
ASUNTO: Re: SOS

¡LAS VACACIONES FAMILIARES PUEDEN SER TODO UN RETO! ¿Se está portando mal Greg?

Susan

Pensé que el señor Jefferson me iba a montar una escenita, pero no dijo nada. Entonces la señora Jefferson dijo que quizá podíamos ir esa tarde al paseo marítimo y pasar allí una hora o dos.

Bueno, eso es todo lo que yo quería. Unas horas es todo lo que necesito...

Con que pueda montar una sola vez en el Cranium Shaker, consideraré que este viaje no ha sido una total pérdida de tiempo.

Viernes

He vuelto de la playa dos días antes de lo previsto, y si quieren saber por qué, es un poco largo de explicar.

Los Jefferson nos llevaron a Rowley y a mí al paseo marítimo ayer por la tarde. Inmediatamente, quise montar en el Cranium Shaker, pero había demasiada cola, así que decidimos ir a tomar algo y volver más tarde.

Fuimos a comprar helados, pero la señora Jefferson sólo compró un cucurucho, para que lo compartiéramos todos.

Mamá me había dado treinta dólares para gastar en la playa, y veinte me los gasté en un juego de feria.

Intenté ganar una oruga de peluche, pero me parece que tienen los juegos amañados, así que es imposible conseguir los premios.

Rowley vio cómo volaban mis veinte dólares y entonces le pidió a su padre que le comprara una oruga gigante exactamente igual en la tienda de al lado. Y lo peor de todo es que sólo costaba diez dólares.

Creo que el señor Jefferson comete un error portándose así. Ahora Rowley se siente un triunfador, aunque no lo sea.

Ya he tenido mi propia experiencia con este tipo de engaño piadoso. El año pasado, cuando estaba en el equipo de natación, me invitaron un domingo a una competición algo especial.

Cuando llegué, me di cuenta de que allí no había ninguno de los MEJORES nadadores. Solo había chicos que nunca antes habían ganado un trofeo.

Al principio me alegré, porque pensé que así, por una vez, iba a poder GANAR algo.

Pero a pesar de todo, no lo hice bien. Mi carrera era la de los 100 metros libres, y quedé tan exhausto que el último largo lo hice CAMINANDO.

Pero los jueces no me descalificaron. Al final de la tarde, me colgaba una medalla que me habían dado mis padres.

De hecho, TODO EL MUNDO salió de allí con una medalla, incluso Tommy Lam, que se desvió durante el giro y nadó en dirección contraria.

¡PARA NOSOTROS ERES UN CAMPEÓN!

Al volver a casa, me sentía confundido. Pero entonces Rodrick me vio con la medalla de campeón y me explicó de qué iba eso.

Me dijo que el Encuentro de Campeones es sólo un engaño organizado por los padres para hacer que sus hijos se sientan ganadores.

Seguro que los padres se creen que con todo eso le
están haciendo un favor a sus hijos, pero en mi opinión
es peor el remedio que la enfermedad.

Recuerdo cuando estaba en el equipo de Iniciación
Deportiva y todo el mundo me animaba, incluso cuando
fallaba. Luego, el año siguiente, ya en el equipo júnior
de béisbol, todos mis compañeros de equipo y los otros
padres me abucheaban desde las gradas si dejaba caer
una bola fácil o algo así.

Lo que quiero decir es que si los padres de Rowley lo
que quieren es hacer que se sienta a gusto consigo
mismo, no pueden hacerlo ahora y luego quitarse de en
medio. Van a tener que cargar con él toda la vida.

Después de lo de la oruga, fuimos caminando por el paseo marítimo esperando que la cola para el Cranium Shaker se hubiera acortado. Entonces vi algo que llamó mi atención.

Era la chica de la foto del llavero de Rodrick. Pero no era una chica de verdad, era una SILUETA DE CARTÓN.

Me sentí un idiota por haber creído que era una chica real. Entonces me di cuenta de que podía comprarme mi propio llavero para impresionar a todos los chicos del colegio. Incluso podría ganar algo de dinero si les cobrara por verlo.

Pagué mis cinco dólares y posé para la foto. Por desgracia, los Jefferson se entrometieron en MI foto, de modo que ahora el llavero de recuerdo ya no vale nada.

Estaba que me subía por las paredes, pero se me pasó de golpe cuando vi que en la cola del Cranium Shaker quedaba muy poca gente. Fui corriendo hacia allí y pagué mis últimos cinco dólares por un billete.

Pensé que Rowley vendría conmigo, pero se había quedado atrás, como a unos diez pies. Supongo que estaba demasiado asustado para seguirme.

La verdad es que yo estaba empezando a arrepentirme, pero ya era demasiado tarde. Cuando el empleado de la atracción me aseguró las correas de seguridad y cerró la jaula, supe que no había marcha atrás.

Me hubiera gustado informarme por adelantado de los efectos del Cranium Shaker en las personas, porque si lo hubiera hecho nunca hubiera montado.

Te va dando un millón de vueltas arriba y abajo y luego te lanza contra el suelo, de manera que tu cara pasa a seis pulgadas de la acera. Entonces te dispara girando de nuevo hacia el cielo.

Y la jaula está todo el rato chirriando y parece que todos los tornillos vayan a soltarse. Intenté que alguien parara aquello, pero nadie podía oírme por encima de la fortísima música heavy metal.

Fue la mayor sensación de náusea que he sentido en mi vida. Y cuando digo esto, quiero decir mayor todavía que cuando tuve que rescatar a Manny de las duchas de la piscina municipal. Si esto es lo que significa "ser un hombre", definitivamente todavía no estoy preparado.

Cuando acabó la vuelta, apenas podía caminar. Así que me senté en un banco y esperé a que el paseo marítimo dejara de dar vueltas.

Estuve allí mucho rato, concentrándome en intentar no vomitar, mientras Rowley montaba en varias atracciones más adecuadas para él.

Después de que Rowley acabó de montar en las atracciones infantiles, su padre le compró un globo y una camiseta en la tienda de recuerdos.

Media hora después ya me encontraba de nuevo en condiciones de levantarme y ponerme a andar. Pero en cuanto me puse de pie, el señor Jefferson dijo que era hora de regresar a casa.

Le pregunté si no podíamos jugar un poco con las máquinas del salón recreativo, y dijo que bueno, aunque no pareció demasiado contento.

Ya me había gastado todo el dinero que me había dado mamá, así que le dije al señor Jefferson que probable-mente tendríamos bastante con veinte dólares. Pero parece que sólo estaba dispuesto a darnos un dólar.

Me parece que el salón recreativo era demasiado ruidoso para el señor y la señora Jefferson, porque no quisieron entrar. Nos dijeron que fuéramos solos y que nos veríamos a la salida en diez minutos.

Fuimos hasta el fondo del salón, donde estaba ese juego que se llama Trueno Loco. El año pasado me gasté en esa máquina cincuenta dólares y conseguí el marcador máximo. Quería que Rowley viera mi nombre en lo alto de la lista, porque quería mostrarle lo que es ganar algo sin que nadie te ayude.

Mi nombre todavía seguía en el número uno de la lista, y a la persona que había logrado la siguiente puntuación seguramente le sentó mal no haber podido superarme.

```
┌─────────────────────────────────────┐
│        PUNTUACIONES MÁXIMAS          │
│        ─────────────────────         │
│                                      │
│     1. GREG HEFFLEY ............ 25320  │
│                                      │
│     2. ES UN IDIOTA ............ 25310  │
│                                      │
│     3. JARHEAD 71 .............. 24200  │
│                                      │
│     4. RECKLESS ................ 22100  │
│                                      │
│     5. CRAVEN1 ................. 21500  │
│                                      │
│     6. POKECHIMP88 ............. 21250  │
│                                      │
│     7. WILD DOG ................ 21200  │
│                                      │
│     8. ZIPPY ................... 20300  │
│                                      │
│     9. SNARL CARL .............. 20100  │
│                                      │
│    10. LEIGHANDREW ............. 19250  │
└─────────────────────────────────────┘
```

Desenchufé la máquina para que se le borraran las puntuaciones, pero estaban grabadas de manera permanente en su memoria.

Iba a gastar nuestro dinero en algún otro juego, pero entonces recordé un truco que me había enseñado Rodrick y me di cuenta de que podíamos alargar nuestro dólar.

Rowley y yo salimos y fuimos debajo del paseo.
Entonces deslicé el billete de un dólar entre los
tablones de madera del suelo y esperé a que llegara
nuestra primera víctima.

Al cabo de un rato, un joven adolescente vio el dólar
que asomaba entre las tablas del paseo.

Cuando se agachó para recogerlo, tiré del billete a
través de la rendija en el último momento.

Tengo que reconocerle a Rodrick que fue muy divertido.

Sin embargo, el chico y sus amigos no estaban demasiado contentos y vinieron a por nosotros. Rowley y yo salimos corriendo tan rápido como pudimos y no paramos hasta que estuvimos seguros de que les habíamos despistado.

Pero yo AÚN no me sentía seguro. Le pedí a Rowley que me enseñara algunos de los movimientos de karate que había aprendido, para que pudiéramos defendernos si llegaban a encontrarnos.

Pero Rowley dijo que es cinturón dorado de karate, y no iba a enseñar a alguien que no tiene "ningún cinturón".

Estuvimos otro rato escondidos, pero no volvimos a ver al grupo de adolescentes, así decidimos que ya no había peligro. Entonces nos dimos cuenta de que estábamos justo debajo de la guardería y encima de nuestras cabezas había un montón de posibles víctimas para nuestra broma. Y además la reacción de los niños pequeños fue MUCHO más divertida que la de los adolescentes.

Pero uno de los niños fue realmente rápido y pilló el billete antes de que yo pudiera recuperarlo. Así que Rowley y yo tuvimos que subir al paseo para pedírselo.

Pero no había manera de convencerle. Mira que traté de explicarle el concepto de propiedad privada, pero SEGUÍA sin querer devolvernos nuestro dinero.

Estaba empezando a enojarme con este niño, cuando llegaron los padres de Rowley. Me alegré mucho de verles, porque si ALGUIEN podía hacer entrar en razón al niño, era el señor Jefferson.

Pero el señor Jefferson estaba enojado, quiero decir REALMENTE enojado. La señora Jefferson y él nos habían estado buscando por todas partes durante la última hora y estaban a punto de llamar a la policía para denunciar nuestra desaparición.

Entonces nos dijo que fuéramos al coche. Pero de camino al estacionamiento pasamos por delante del salón recreativo. Le pedí, por favor, otro dólar al señor Jefferson, puesto que no llegamos a gastarnos el que nos había dado antes.

Me parece que no fue una petición demasiado oportuna, porque nos llevó de vuelta al coche sin decir una sola palabra.

Al llegar a la cabaña, nos mandó a Rowley y mí directamente a nuestra habitación. Eso sí que era una faena, porque ni siquiera eran las 8:00 y todavía no había oscurecido.

Pero el señor Jefferson dijo que nos fuéramos a la cama y que no quería oírnos hasta la mañana siguiente. Rowley estaba muy triste. Por su manera de comportarse, deduzco que era la primera vez que tenía problemas con su padre.

Así que decidí subirle un poco la moral. Estuve caminando sobre la alfombra de lana y luego le di a Rowley una descarga de electricidad estática, en plan de broma.

Pareció que aquello le hizo olvidar el disgusto. Durante cinco minutos caminó en círculos, arrastrando sus pies por encima de la alfombra y luego me devolvió la descarga mientras yo me estaba cepillando los dientes.

No podía permitir que Rowley quedara por encima de mí, así que cuando se metió en la cama agarré su globo, estiré la goma al máximo y la solté.

Si lo tuviera que hacer otra vez, quizá no estiraría tan fuerte.

Cuando Rowley vio la marca roja en su brazo, se puso a gritar y supe que iban a oírle. En efecto, sus padres se presentaron en la habitación a los cinco segundos.

Intenté explicar que la marca en el brazo de Rowley era de una tira de goma, pero eso no pareció importar a los Jefferson.

Llamaron a mis padres y dos horas después papá apare-
ció por la cabaña para recogerme y llevarme a casa.

Lunes

Papá estaba enojadísimo porque había tenido que
conducir durante cuatro horas para traerme de vuelta
a casa. Pero mamá no estaba enojada. Dijo que el
incidente entre Rowley y yo no era más que una
"chiquillada" y estaba contenta de que fuéramos
amigos de nuevo.

Pero papá sigue enojado y nuestras relaciones están
fatal desde que volvimos. Mamá ha tratado de que los
dos hagamos algo como ir al cine juntos para poder
"hacer las paces", pero me parece que lo mejor que
podemos hacer papá y yo es procurar que nuestros
respectivos caminos no se crucen.

Creo que de todos modos a papá no se le va a pasar el mal humor y en parte no tiene que ver conmigo. Al abrir hoy el periódico, aparecía esto en la sección de Cultura:

Cultura

La historieta no desaparecerá

El hijo del dibujante se ocupará de la continuación de "Li'l Cutie"

En un desenlace inesperado, Tyler Post, hijo del dibujante Bob Post, tomará la pluma y continuará el cómic monoviñeta que ha dibujado su padre durante tantos años. "No tengo trabajo, ni grandes planes, así que un día me dije: ¿Y por qué no?", comenta Tyler, quien a los 32 años todavía vive con su padre. Es una creencia común que el personaje de Li'l Cutie está inspirado…

Véase CUTIE, página A2

Tyler Post dibujará las nuevas historietas de "Li'l Cutie", que este periódico volverá a publicar desde el próximo domingo.

Ver también: los residentes de Leisure Towers están encantados, página A3

Anoche papá vino a mi habitación y estuvo hablando conmigo. Era la primera vez que nos dirigíamos la palabra en los últimos tres días. Dijo que el domingo no fuera a ninguna parte y le dije que de acuerdo.

Más tarde, lo escuché hablar por teléfono con alguien de algún asunto que parecía confidencial.

SÍ... SE LO DEJARÉ ALLÍ CON AGUA Y COMIDA PARA UNA SEMANA.

Después de aquello, le pregunté a papá si el domingo me iba a llevar a algún sitio en particular y pareció sentirse bastante incómodo. Dijo que no, pero no me miró a los ojos.

Ahora que sabía que papá no me estaba contando la verdad, empecé a preocuparme. Años antes, papá había querido enviarme a una academia militar y no estoy seguro de que se haya olvidado totalmente de esa idea.

No sabía qué hacer y le conté a Rodrick lo que pasaba y le pregunté si tenía alguna teoría de lo que papá tenía entre manos. Me dijo que pensaría sobre el asunto y un rato después vino a mi habitación y cerró la puerta.

Rodrick dijo que pensaba que papá estaba tan enojado por lo que le hice a Rowley que iba a deshacerse de mí.

Yo no sabía si creerle, porque Rodrick no siempre es infalible al 100%. Pero mi hermano me dijo que, si no me fiaba de él, mirase en la agenda de papá y lo comprobara por mí mismo. Así que fui al despacho de papá para ver lo que tenía programado para el domingo y esto fue lo que encontré:

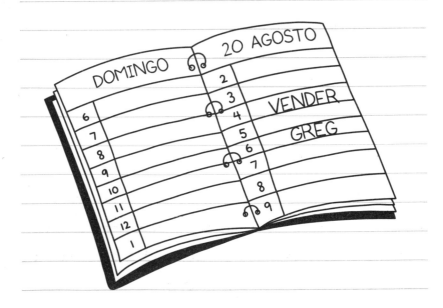

Estoy seguro de que Rodrick me estaba tomando el pelo, porque se parecía una barbaridad a su letra. Sin embargo, papá es una persona bastante impredecible y creo que voy a tener que esperar hasta el domingo para estar seguro.

Domingo

Las buenas noticias son que papá hoy no pensaba venderme, ni entregarme a un orfanato. Las malas noticias son que, después de lo que pasó, probablemente lo haga.

Esta mañana, a eso de las 10:00, papá me dijo que subiera al coche, porque quería llevarme a la ciudad. Cuando le pregunté para qué, dijo que era una "sorpresa".

ESCALOFRÍO

De camino a la ciudad, nos detuvimos en una gasoli-nera. Papá llevaba un mapa con la ruta señalada en el salpicadero del coche, así que pude saber exactamente a dónde nos dirigíamos: 1200 Bayside Street.

Lo cierto es que estaba muy desesperado y por primera vez utilicé mi Ladybug.

Terminé de hacer mi llamada justo antes de que papá volviera al coche, y continuamos el camino hacia la ciudad. Lamento no haber mirado el mapa con más atención, porque al llegar a Bayside Street me di cuenta de que nos encontrábamos en el estacionamiento del estadio de béisbol. Pero ya era demasiado tarde.

Resulta que mamá nos había comprado entradas para el béisbol, como una forma de fortalecer las relaciones padre-hijo, y papá quería darme una sorpresa.

A papá le llevó un buen rato explicárselo todo a los policías. Cuando consiguió aclarar el malentendido con la policía, papá ya no tenía ganas para partidos de béisbol y me trajo a casa.

Me dio un poco de rabia, porque las entradas que había comprado mamá eran asientos en la tercera fila y tenían que haberle costado una fortuna.

Martes

Por fin me he enterado de qué iba la misteriosa conversación telefónica de papá, la del otro día. Estaba
hablando con la abuela acerca de Rayo, no sobre mí.

Papá y mamá habían decidido darle el perro a la
abuela, y papá se lo llevó el domingo por la tarde.
Para ser sincero, no creo que nadie por aquí vaya a
echarlo de menos.

Papá y yo no hemos hablado desde entonces, y yo he
estado buscando excusas para no estar en casa. Ayer
encontré una muy buena. Pusieron en la tele un anuncio
de una cadena de tiendas llamada Game Hut, que es
donde siempre compro los videojuegos.

Van a celebrar un torneo y puedes apuntarte a jugar en tu tienda. Si ganas, te clasificas para la fase de las eliminatorias nacionales. Y el premio para el vencedor es UN MILLÓN de dólares.

El torneo en la tienda de mi barrio va a ser el sábado. Estoy seguro de que va a ir mucha gente, así que voy a tener que llegar supertemprano para coger un buen puesto en la cola.

Aprendí ese truco de Rodrick. Siempre que quiere sacar entradas para un concierto, acampa delante de la taquilla la noche anterior. De hecho, es donde conoció a Bill, el solista de su grupo.

Rowley y su padre van a menudo de acampada, así que sabía que tenían una tienda de campaña. Llamé a Rowley y le conté lo del torneo de videojuegos y que teníamos la posibilidad de ganar un millón de dólares.

Pero Rowley parecía nervioso por teléfono. Pensé que estaba preocupado por el hecho de que yo tuviera superpoderes eléctricos o algo así, y la única forma de tranquilizarle fue prometerle que no pensaba usarlos contra él.

Incluso después de hacerlo, Rowley no parecía entusiasmado con la idea de la acampada. Dijo que su padre y su madre le habían prohibido que nos viéramos durante el resto del verano.

Ya me lo había imaginado y también había previsto un plan para superar ese inconveniente. Le dije a Rowley que yo le diría a mis padres que me iba a dormir a su casa y que él le podía contar a los suyos que iba a casa de Collin.

Pero Rowley SEGUÍA sin tenerlo claro y tuve que comprar su voluntad prometiéndole que si venía le llevaría una caja de sus golosinas favoritas.

Sábado

Anoche quedamos a las 9:00 en lo alto de la cuesta. Rowley trajo el equipo de acampada y el saco de dormir, y yo llevé la linterna y algunas barritas energéticas de chocolate.

De momento, no le llevé a Rowley sus golosinas, pero le dije que le compraría algunas a la primera ocasión. Cuando llegamos al Game Hut, éramos los únicos que estábamos allí. No podía creer en la suerte que teníamos.

Pudimos plantar la tienda en la mismísima entrada, antes de que nadie nos quitara el sitio.

Estuvimos vigilando la puerta, para asegurarnos de que nadie intentara colarse por delante de nosotros.

Pensé que la mejor manera de asegurar nuestro puesto era hacer guardias para dormir. Incluso me ofrecí a hacer la primera guardia y dejar dormir a Rowley, porque yo soy de esa clase de persona.

Cuando acabó mi guardia, desperté a Rowley para que hiciera su turno, pero volvió a dormirse a los cinco segundos. Así que le di un meneo y le dije que tenía que quedarse despierto.

Rowley ni se molestó en defenderse.

¡LA VERDAD ES QUE NI SIQUIERA ME GUSTAN LOS VIDEOJUEGOS!

Decidí que me correspondía A MÍ vigilar para que nadie se nos colara, y estuve despierto toda la noche. Hacia las 9:00 de la mañana, casi no podía mantener los ojos abiertos y me comí las dos barritas de chocolate que me había llevado para reponer energías.

Quedé con las manos cubiertas de chocolate y eso me dio una idea. Deslicé mi mano por dentro de la tienda, haciéndola avanzar como si fuera una araña.

Pensé que resultaría divertido hacer creer a Rowley
que se trataba de la mano embarrada. No percibí
ruido en el interior de la tienda y pensé que Rowley
seguía dormido. Pero antes de que pudiera mirar dentro para comprobarlo, recibí un montón de martilla-
zos en la mano.

Inmediatamente saqué la mano de la tienda, pero el
dedo gordo ya se me estaba poniendo morado.

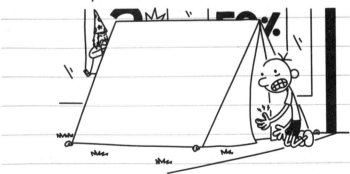

Me enojé bastante con Rowley. No por machacarme la
mano con un mazo, sino por pensar que eso iba a poder
detener a la mano embarrada.

Cualquier necio sabe que para detener una mano embarrada hay que utilizar fuego o ácido. Con un martillo,
sólo conseguirás hacer que se enoje.

Iba a montarle una bronca a Rowley, pero entonces
llegó un empleado del Game Hut y abrió la puerta del
establecimiento. Traté de no hacer caso de mi dedo
gordo que latía dolorosamente y centrarme en el
motivo de nuestra presencia en aquel lugar.

El tipo del Game Hut quería saber qué hacíamos
allí delante con una tienda de campaña, y le
expliqué que habíamos ido a participar en el torneo
de videojuegos. Pero él no sabía de qué le hablaba.

Le tuve que enseñar el cartel que tenía en la ventana de la tienda para convencerle.

El tipo dijo que el local no estaba preparado para celebrar torneos, pero que, como sólo éramos dos, podíamos jugar el uno contra el otro en la trastienda.

Al principio me sentó mal, pero luego me di cuenta de que todo lo que tenía que hacer para clasificarme en el torneo era derrotar a Rowley. El empleado nos puso a disputar un combate a muerte en el Twisted Wizard. Casi me dio pena Rowley, porque soy un maestro consumado en este juego. Sin embargo, cuando empezamos a jugar, mi dedo gordo estaba tan agarrotado que no podía pulsar bien los botones del mando.

Sólo podía correr en círculos, mientras Rowley me ganaba una y otra vez.

Rowley acabó venciéndome por 15-0. El empleado de la tienda le dijo a Rowley que había ganado el concurso y que podía escoger entre apuntarse a la fase nacional del torneo o una caja gigante de pasas cubiertas de chocolate.

Ya se pueden imaginar lo que eligió Rowley.

<u>Domingo</u>

¿Saben? Debería haber continuado con mi proyecto ini-
cial de pasarme el verano sin salir de casa, porque
todos mis problemas empezaron justo cuando puse los
pies fuera.

No he visto a Rowley desde que me robó la victoria en
el torneo de videojuegos y papá no me dirige la palabra
desde que casi hago que lo detengan.

Pero creo que hoy las cosas han empezado a cambiar entre
papá y yo. ¿Recuerdan aquella noticia que decía que el
chiste de "Lil Cutie" iba a pasar del padre al hijo?

Bueno, pues hoy se publicaba en el periódico la primera
historieta del nuevo "Lil Cutie" y da la sensación
de que es todavía peor que el antiguo.

Papi, ¿el hipo se puede cortar con unas TIJERAS?

Se lo enseñé a papá y estuvo de acuerdo conmigo.

Entonces me he dado cuenta de que todo va a ir bien entre nosotros dos. Papá y yo podemos discrepar en casi todo, pero estamos de acuerdo en las cosas importantes.

Ya sé que habrá quien piense que tenerle manía al mismo chiste es una base poco sólida para mantener una relación amistosa, pero lo cierto es que papá y yo tenemos MONTONES de cosas en común.

Papá y yo podemos no tener una de esas relaciones de colegas entre padre e hijo, pero a mí ya me vale. He aprendido que también puede haber un EXCESO de confianza.

Me di cuenta de que las vacaciones se habían terminado al ver hoy el álbum de fotos de mamá. Le estuve echando una ojeada y, para ser sincero, no me parece que refleje fielmente lo que ha sido este verano. Claro que la persona que toma las fotos es la que cuenta su versión de la historia.

"¡El Mejor Verano de Tu Vida!"

El club "Leer Es Divertido" dice "no" a los videojuegos.

¡Ahora Gregory se pasa el día leyendo!

Gregory juega al escondite con su nuevo amiguito de verano.

AGRADECIMIENTOS

Gracias a todos los seguidores de la serie *Diario de Greg* por inspirarme y motivarme para escribir estas historias. Gracias a todos los libreros del país por poner estos libros en manos de los chicos.

Gracias a mi familia por su cariño y respaldo. Ha sido estupendo compartir esta experiencia con ustedes.

Gracias a la gente de Abrams por trabajar para que este libro viera la luz. Quiero dar las gracias especialmente a mi editor, Charlie Kochman; a Jason Wells, mi director de publicidad; y a Scott Auerbach, un extraordinario jefe de edición.

Gracias a todos los de Hollywood por trabajar tan duro para dar vida al personaje de Greg Heffley, y en especial a Nina, Brad, Carla, Riley, Elizabeth y Thor. Y gracias también a Sylvie y Keith por su ayuda y orientación.

SOBRE EL AUTOR

Jeff Kinney es un autor #1 en ventas de *The New York Times* y ha ganado en cinco ocasiones el premio Nickelodeon Kid's Choice del Libro Favorito. Jeff está considerado una de las 100 personas más influyentes del mundo, según la revista *Time*. Es el creador de Poptropica, que es una de las cincuenta mejores páginas web según *Time*. Pasó su infancia en Washington D. C. y se trasladó a Nueva Inglaterra en 1995. Hoy, Jeff vive con su esposa y sus dos hijos en Massachusetts, donde tienen una librería, An Unlikely Story.